从 零 开始

中文版

Photoshop CS5

基础培训教程

老虎工作室

赵博　艾萍　编著

人民邮电出版社

北　京

图书在版编目（CIP）数据

Photoshop CS5中文版基础培训教程 / 赵博，艾萍编
著. -- 北京：人民邮电出版社，2012.3
　（从零开始）
ISBN 978-7-115-26664-4

Ⅰ．①P… Ⅱ．①赵… ②艾… Ⅲ．①图象处理软件，
Photoshop CS5－技术培训－教材 Ⅳ．①TP391.41

中国版本图书馆CIP数据核字(2011)第266947号

内 容 提 要

　　本书全面系统地介绍了 Photoshop CS5 的基本功能及其常用工具，并对选区、路径、图层、通道、蒙版、滤镜、文本和图形制作等重点和难点内容进行了详细讲解。在介绍工具和命令的同时，还提供了精彩的范例解析和综合案例，以方便读者更好地理解和掌握所学的内容。

　　网站上提供了本书相关案例的操作视频、素材文件和最终效果文件，读者可以从网上下载并根据这些资料进行比对学习，在较短的时间内掌握 Photoshop CS5 的操作方法。

　　本书适合 Photoshop 初学者和有一定操作经验的读者阅读，尤其适合各类相关培训学校作为教材使用。另外，针对近年来数码相机的普及，本书增加了数码照片后期处理方面的内容，因此也适合对数码照片处理感兴趣的家庭用户阅读。

从零开始——Photoshop CS5 中文版基础培训教程

◆ 编　著　老虎工作室　赵　博　艾　萍
　　责任编辑　李永涛

◆ 人民邮电出版社出版发行　　北京市崇文区夕照寺街 14 号
　　邮编　100061　　电子邮件　315@ptpress.com.cn
　　网址　http://www.ptpress.com.cn
　　北京精彩雅恒印刷有限公司印刷

◆ 开本：787×1092　1/16
　　印张：12.5
　　字数：273 千字　　　　　　　2012 年 3 月第 1 版
　　印数：1- 5 000 册　　　　　　2012 年 3 月北京第 1 次印刷

ISBN 978-7-115-26664-4

定价：32.00 元

读者服务热线：**(010)67132692**　印装质量热线：**(010)67129223**
反盗版热线：**(010)67171154**
广告经营许可证：京崇工商广字第 **0021** 号

老虎工作室

主　编：沈精虎

编　委：许日滨　黄业清　姜　勇　宋一兵　高长铎
　　　　田博文　谭雪松　向先波　毕丽蕴　郭万军
　　　　宋雪岩　詹　翔　周　锦　冯　辉　王海英
　　　　蔡汉明　李　仲　赵治国　赵　晶　张　伟
　　　　朱　凯　臧乐善　郭英文　计晓明　孙　业
　　　　滕　玲　张艳花　董彩霞　郝庆文　田晓芳

关 于 本 书

内容和特点

本书全面系统地介绍了Photoshop CS5的基本功能及其常用工具，并对选区、路径、图层、通道、蒙版、滤镜、文本和图形制作等重点和难点内容进行了详细讲解。在介绍工具和命令的同时，还提供了精彩的范例解析、课堂实训和综合案例，在网站上还提供了相关案例的操作视频、素材文件和最终效果文件，读者可以到网上下载，能够在较短的时间内掌握Photoshop CS5的操作方法。

为了方便读者自学和培训学校教学使用，本书严格按照培训班的课程设置来编排内容，以课时决定章节的长短，采取了"基本功能讲解－范例解析－课堂实训－综合案例－课后作业"的介绍流程，以便于培训班的老师上课时使用。在每一讲的前面给出了本讲的学习目标，以便读者了解本讲所要学习的内容。在介绍工具或命令时，一般先介绍该工具或命令的基本功能和基本操作，再讲解相关的选项和参数。对于重要和较难理解的工具或命令，本书提供了相应的范例解析和课堂实训，方便读者加深印象和加强理解。最后，再通过综合案例来强化练习，总结本讲内容并提醒读者要注意的问题。在每一讲的学习完成后，还给出相关的课后作业，便于读者巩固所学的知识。

全书共分为10讲，主要内容介绍如下。

- 第1讲：介绍Photoshop CS5的界面、基本操作方法，包括软件界面、图像文件及图像浏览的基本操作，同时介绍图像文件的颜色设置、标尺、网格和参考线的设置等。
- 第2讲：介绍Photoshop CS5中各种选区创建工具及编辑命令的使用方法。
- 第3讲：介绍图层的基本概念与基本操作，以及【移动】工具的使用方法。
- 第4讲：介绍Photoshop CS5中路径和矢量图形工具的使用方法。
- 第5讲：介绍工具箱中各种绘画及修饰工具的主要功能及使用方法。
- 第6讲：介绍文字工具和其他工具，如裁切、切片、吸管和注释等的基本功能及其使用方法。
- 第7讲：介绍通道和蒙版的功能及其应用。
- 第8讲：介绍图层的高级应用，包括图层样式、图层混合模式、图层组、图层剪贴组和智能对象。
- 第9讲：介绍Photoshop CS5菜单中的图像编辑命令和图像颜色调整命令。
- 第10讲：介绍Photoshop CS5中各种滤镜的效果及其应用。

读者对象

本书适合Photoshop初学者和有一定操作经验的读者阅读，尤其适合各类培训学校作为教材使用。另外，针对近年来数码相机的普及，本书增加了照片处理方面的内容，也适用于喜欢数码照相技术的普通家庭用户。

配套资源内容

为了方便读者学习，本书中实例所需操作视频、素材及结果文件放到天天课堂网站（http://www.ttketang.com）上供读者下载，主要内容如下。

1. "Map" 目录

存放本书实例练习所用到的素材文件。

2. "最终效果" 目录

存放本书实例制作的最终效果。读者按书中的操作步骤完成范例解析、课堂实训及综合案例后，可以与这些效果进行对照，查看自己所做的是否正确。

3. "课后作业" 目录

存放本书课后作业的最终效果。读者按书中课后作业的操作步骤提示完成练习后，可以与这些效果进行对照，查看自己所做的是否正确。

4. "操作视频" 目录

该目录下包含 "CH02" ～ "CH10" 9个子目录，分别存放第2讲至第10讲实例制作的操作视频文件。读者如果在练习时遇到困难，可以参照这些视频文件进行比对学习。

参与本书编写的还有李励、王佰瑞、邵磊、姜颖成、崔宴宾，在此向他们表示衷心的感谢，同时也深深感谢支持和关心本书出版的所有朋友。感谢您选择了本书，也请您把对本书的意见和建议告诉我们。

老虎工作室网站http://www.laohu.net，电子函件ttketang@163.com。

老虎工作室
2011年10月

目　录

第 **1** 讲
Photoshop CS5基本操作

　　Photoshop一直是备受用户喜爱的平面图像处理软件，新推出的Photoshop CS5，功能强大、操作便捷，具有极强的灵活性，更是受到多方好评。Photoshop CS5新增了图像选择、图像修饰、逼真的绘图效果和3D效果等众多突破性功能，此外，软件界面也进行了重新设计，更方便用户按照自己的使用习惯设置Photoshop。

　　本讲将介绍Photoshop CS5的界面和基本操作方法，包括软件界面、图像文件及图像浏览的基本操作，同时介绍图像文件的颜色设置，标尺、网格和参考线的设置等。这些知识是学习Photoshop CS5最基本且非常重要的内容。

【本讲课时】

　　本讲课时为4小时。

【教学目标】

● 了解Photoshop CS5的界面。

● 掌握软件界面的基本操作。

● 掌握图像文件的基本操作。

● 掌握图像浏览的基本操作。

● 掌握图像文件的颜色设置。

● 掌握标尺、网格和参考线的设置。

1.1 功能讲解

在学习过程中，读者应了解Photoshop CS5的界面组成和基本功能，并在此基础上掌握一些基本操作。

1.1.1 Photoshop CS5界面简介

正确安装Photoshop CS5后，单击Windows桌面任务栏上的 开始 按钮，在弹出的【开始】菜单中选择【所有程序】/【Adobe Photoshop CS5】命令，即可启动该软件。

Photoshop CS5的工作界面按其功能划分了几个部分，包括菜单栏、标题栏、工具箱、工具选项栏、调板区、图像窗口和状态栏等，如图1-1所示，下面分别进行介绍。

图1-1 Photoshop CS5界面

一、菜单栏

菜单栏位于界面最上方，包含了用于图像处理的各类命令，共有【文件】、【编辑】、【图像】、【图层】、【选择】、【滤镜】、【分析】、【3D】、【视图】、【窗口】和【帮助】11个菜单，每个菜单下又有若干个子菜单，选择子菜单中的命令可以执行相应的操作。

下拉菜单中有些命令的后面有省略号，表示选择此命令可以弹出相应的对话框；有些命令的后面有向右的黑色三角形，表示此命令还有下一级菜单；还有一部分命令显示为灰色，表示当前不能使用，只有在满足一定的条件之后才可使用。

二、标题栏

标题栏位于工具选项栏下方，显示了文档名称、文件格式、窗口缩放比例和颜色模式等信息。如果文档中包含多个图层，则标题栏中还会显示当前工作的图层的名称。

当打开多个图像时，图像窗口以选项卡的形式显示，单击一个图像文件的名称，即可将其设置为当前操作的窗口。用户也可按<Ctrl>+<Tab>组合键按照顺序切换窗口，或者按<Ctrl>+<Shift>+<Tab>组合键按照相反的顺序切换窗口。

三、工具箱

工具箱的默认位置位于界面左侧，通过单击工具箱上部的双箭头，可以在单列和双列间进行转换。工具箱中包含了用于图像处理和图形绘制的各种工具，这些工具的具体功能将在后面相关讲中详细介绍。

要查看工具的名称，可将鼠标指针移至该工具处，稍等片刻，系统将自动显示工具名称的提示。工具箱中有些工具按钮的右下角带有黑色小三角符号，表示该工具还隐藏有其他同类工具，将鼠标指针移至此类按钮上按下鼠标左键不放，隐藏工具即会显示出来。在隐藏的工具组中选择所需工具，则该工具将成为当前工具。工具箱转换状态及隐藏的工具按钮如图1-2所示。

图1-2 工具箱转换状态及隐藏的工具按钮

四、工具选项栏

工具选项栏（以下简称选项栏）位于菜单栏下方，其功能是显示工具箱中当前被选择工具的相关参数和选项，以便对其进行具体设置。它会随着所选工具的不同而变换内容。

五、调板区

调板区的默认位置位于界面右侧，主要用于存放Photoshop CS5提供的功能调板（以下简称调板）。Photoshop CS5共提供了24种调板，利用这些调板可以对图层、通道、工具、色彩等进行设置和调控。用户可以利用菜单栏中的【窗口】命令显示和隐藏调板。

六、图像窗口

图像窗口中显示所打开的图像文件。在图像窗口最上方的标题栏中显示图像的相关信息，如图像的文件名称、文件类型、显示比例、目前所在图层以及所使用的颜色模式和位深度等。图1-1所示图像窗口的标题栏中显示的是"礼物.JPG@100%（RGB/8）"，表示当前打开的是一个名为"礼物"的JPG格式图像文件，该图像以实际大小的100%显示，当前图像的颜色模式为RGB，位深度为8位。

将一个窗口的标题栏从选项卡中拖出，它将会变为可以任意移动位置的浮动窗口。用鼠标拖曳图像窗口的标题栏，可以移动图像窗口的位置。将鼠标指针移动至图像窗口的一个边框上，当鼠标指针显示为↔（或↕）形状时拖曳鼠标，可拖动图像窗口边框的位置，改变图像窗口的大小。将鼠标指针移动至图像窗口的任意一个角上，当鼠标指针显示为↖（或↗）形状时拖曳鼠标，可同时拖动图像窗口相邻两个边框的位置，改变图像窗口的大小。

七、状态栏

状态栏位于工作界面或图像窗口最下方，显示当前图像的状态及操作命令的相关提示信息。显示百分比的右侧是当前图像文件的信息，单击文件信息右侧的▶按钮，在弹出的菜单中选择【显示】命令，弹出如图1-3所示的菜单。

图1-3 菜单命令

单击状态栏，将弹出一个小窗口，显示图像的宽度、高度、通道等信息；如果按住

<Ctrl>键单击状态栏，则可以显示图像的拼贴宽度、拼贴高度等信息，如图1-4所示。

宽度:768 像素(13 厘米)	拼贴宽度:368 像素
高度:512 像素(8.67 厘米)	拼贴高度:366 像素
通道:3(RGB 颜色，8bpc)	图像宽度:3 拼贴
分辨率:150 像素/英寸	图像高度:2 拼贴

图1-4 显示图像信息

上面介绍的是Photoshop CS5的默认界面。为了操作方便，用户可以对界面各部分的位置进行调整，有时还需要将工具箱、选项栏和调板进行隐藏等。

将鼠标指针移到工具箱、选项栏、调板或图像窗口最上方的标题栏上，拖曳鼠标可以移动它们的位置。选择菜单栏中的【窗口】命令，在弹出的菜单中选择相应的调板，可以分别对各调板进行显示或隐藏。按<Tab>键，可以将工具箱、选项栏和所有调板同时显示或隐藏；按住<Shift>键的同时按<Tab>键，可将界面窗口中的所有调板同时显示或隐藏。选择菜单栏中的【窗口】/【工作区】/【基本功能】命令或者工作界面右上角的 **基本功能** 按钮，可以使界面恢复到默认状态。

1.1.2 操作约定

Photoshop CS5中的鼠标有6种基本操作，为了叙述上的方便，约定如下。

- 移动：在不按鼠标按键的情况下移动鼠标，将鼠标指针指到某一位置。
- 单击：快速按下并释放鼠标左键。单击可用来选择屏幕上的对象。除非特别说明，以后所出现的单击都是用鼠标左键。
- 双击：快速连续单击鼠标左键两次。双击通常用来打开对象。除非特别说明，以后所出现的双击都是用鼠标左键。
- 拖曳：按住鼠标左键不放，将鼠标指针移动到一个新位置，然后释放鼠标左键。拖曳操作可用来选择、移动、

复制和绘制图形。除非特别说明，以后所出现的拖曳都是指按住鼠标左键不放移动鼠标的操作。

- 右击：快速按下并释放鼠标右键。这个操作通常弹出一个快捷菜单。
- 拖曳并右击：按住鼠标左键不放，将鼠标指针移动到一个新位置，然后在不释放鼠标左键的情况下单击鼠标右键。

1.1.3 软件界面的基本操作

下面介绍软件窗口大小的调整方法，控制面板的显示与隐藏、拆分与组合等操作。

一、调整软件窗口的大小

调整Photoshop CS5窗口大小的基本操作方法介绍如下。

- 无论Photoshop CS5窗口最大化还是还原显示，只要将鼠标指针放置在菜单栏的灰色区域上双击，即可将窗口在最大化和还原状态之间切换。
- 当窗口为还原状态时，将鼠标指针放置在窗口的任意边缘处，鼠标指针将变为双向箭头形状，按下鼠标左键拖曳鼠标指针，可以将窗口调整至任意大小。
- 将鼠标指针放在菜单栏的灰色区域内，按住鼠标左键拖曳鼠标指针，可以将窗口放置在Windows窗口中的任意位置。

二、调板的基本操作

在Photoshop CS5界面右侧有很多浮动的调板，方便用户进行图像的编辑和操作，这些调板均列在【窗口】菜单下。在【窗口】菜单下，由横线将调板分为几组，在默认状态下，每组的调板都是在一个调板组中组合出现。图1-5所示为【导航器】、【直方图】和【信息】的组合调板。下面主要介绍调板的基本操作。

图1-5 组合调板

在【窗口】菜单中，有一部分命令的左侧显示有对号符号，说明此调板目前在工作区中是显示状态；没有显示对号符号的命令，说明此调板已被关闭，处于隐藏状态。当隐藏了某个调板后，再在【窗口】菜单下面选取相应的命令，即可将隐藏的调板显示在Photoshop CS5工作区或界面窗口中。

每组调板都由两个或两个以上的选项卡组合在一起，用户可以根据需要自由地拆分组合和调整大小，也可以通过单击面板上方的双箭头将各种面板以图标或调板的方式切换显示。图1-6所示的就是单击双箭头后各种调板扩展后的状态。要调出某个调板，可以单击调板区相应的名称图标，相应的调板就会展开，如图1-7所示。

图1-6 单击双箭头扩展调板后的状态

图1-7 单击图标后调板展开的状态

1.1.4 图像文件的基本操作

下面来介绍图像文件的基本操作，包括新建、打开、存储和关闭等。

一、新建文件

利用菜单栏中的【文件】/【新建】命令可以创建一个新的图像文件。

1. 选择菜单栏中的【文件】/【新建】命令，弹出如图1-8所示的【新建】对话框。

图1-8 【新建】对话框

 弹出【新建】对话框的方法有两种：①选择菜单栏中的【文件】/【新建】命令，②按<Ctrl>+<N>组合键。

2. 在【新建】对话框中将【名称】设置为"练习01"，其他各选项及参数的设置如图1-9所示。

图1-9 设置各选项及参数后的【新建】对话框

3. 参数设置完成后，单击 确定 按钮，即可按照所设置的选项及参数创建出一个新文件。

在【新建】对话框中可对所建文件进行各种设定。

- 在【名称】文本框中可输入图像名称。
- 在【预设】下拉列表中可选择一些系统预设的图像尺寸。选择一个预设后，可在【大小】列表中选择图像的大小。
- 在【宽度】、【高度】和【分辨率】文本框中可输入自定的尺寸，在文本框右侧的下拉列表中还可以选择不同的度量单位。【分辨率】单位习惯上采用"像素/英寸"，如果制作的图像用于印刷，需设定"300像素/英寸"的分辨率。
- 在【颜色模式】下拉列表中可设定该图像的色彩模式。
- 在【背景内容】下拉列表中可选择新建图像的背景颜色。

二、打开文件

选择菜单栏中的【文件】/【打开】命令，可以打开不同格式的图像文件，而且可以同时打开多个图像文件。弹出【打开】对话框的方法有3种：选择菜单栏中的【文件】/【打开】命令、按<Ctrl>+<O>组合键、在工作区中双击。

三、存储文件

文件的存储命令主要包括【存储】和【存储为】。对新建的文件编辑后进行存储，使用这两种命令性质是一样的，都是为当前文件命名并进行保存。但若对打开的文件进行编辑后再保存，就要区分【存储】和【存储为】命令，前者是将文件以原文件名进行保存，而后者是将修改后的文件重新命名进行保存。

四、关闭文件

完成图像文件的编辑操作之后，可以采用以下方法关闭文件。

- 选择菜单栏中的【文件】/【关闭】命令，或按<Ctrl>+<W>组合键，或单击图像窗口左上角的⊠按钮，可以关闭当前的图像文件。
- 如果在Photoshop CS5中打开了多个图像文件，可以选择菜单栏中的【文件】/【关闭全部】命令，或按<Alt>+<Ctrl>+<W>组合键，可以关闭所有的文件。
- 选择菜单栏中的【文件】/【关闭并转到Bridge】命令，或按<Shift>+<Ctrl>+<W>组合键，可以关闭当前文件，然后打开Bridge。
- 选择菜单栏中的【文件】/【退出】命令，或按<Ctrl>+<Q>组合键，可以关闭文件并退出Photoshop。如果有文件没有保存，将弹出一个对话框，提示用户是否保存该文件。

1.1.5 图像浏览的基本操作

在Photoshop CS5的【视图】菜单下，有很多命令用来控制图像不同的显示比例。一个图像最大的显示比例是3200%，最小是显示一个像素。注意，使用这些命令只是放大或缩小了图像的显示比例，并没有真正改变图像的尺寸。用户也可使用相应的快捷键完成图像缩放。

在Photoshop CS5的菜单栏中有个【屏幕模式】按钮，共有3种屏幕显示模式，如图1-10所示。单击相应的按钮可以切换不同的显示状态，按<F>键也可达到切换的目的。最下边的全屏显示模式显示时只有黑色背景，用户可在这种状态下无干扰地浏览图像效果。按<Tab>键可将所有的调板隐藏，然后再按<F>键切换到全屏状态来观看图像的整体效果。

图1-10 屏幕显示模式

一、在多个窗口中查看图像

如果在Photoshop中打开了多个图像文件，可以通过选择菜单栏中的【窗口】/【排列】命令，来控制各个图像窗口的排列方式，如图1-11所示。

图1-11 【窗口】/【排列】命令

二、【放大】与【缩小】命令

选择【视图】菜单下的【放大】或【缩小】命令，可以改变当前图像的显示比例。每使用一次该命令，图像的显示尺寸就放大一倍或缩小一半，如从200%缩小到100%。该命令无法产生非整数倍的显示比例。

三、按屏幕大小缩放

选择【视图】菜单下的【按屏幕大小缩放】命令，或双击工具箱中的【抓手】工具🖐，可显示当前图像的最大比例。

全屏显示的比例会受到工具箱和调板的限制，当工具箱和调板以默认位置分布在屏幕两侧时，全屏显示会自动让出屏幕两侧的位置，而以一个较小的图像窗口来显示整幅图像。只有关闭或隐藏所有的工具箱和调板时，才能真正在屏幕上实现全屏显示。

四、实际像素

实际像素是以一个显示器的屏幕像素对应一个图像像素时的显示比例，即100%的显示比例。在Photoshop CS5中，直接选择【视图】菜单下的【实际像素】命令，或双击工具箱中的【缩放】工具 🔍，便可以100%地以实际像素显示比例。

五、打印尺寸

选择【视图】菜单下的【打印尺寸】命令，可以在屏幕上显示出图像的实际打印大小。实际打印尺寸，不考虑图像的分辨率，而是以图像本身的宽度和高度（打印时的尺寸）来表示一幅图像的大小。

六、【缩放】工具

【缩放】工具 🔍 可将图像成比例地放大或缩小，以便于用户对图像进行观察和修改。选择 🔍 工具时，鼠标指针在图像窗口内显示为一个带加号的放大镜，单击即可实现图像的成倍放大；按住<Alt>键使用 🔍 工具时，鼠标指针变为一个带减号的缩小镜，单击可实现图像的成倍缩小；也可使用 🔍 工具在图像内拖曳出指定区域，实现放大或缩小的操作。

按<Z>键便可选中 🔍 工具；按<Ctrl>+<+>组合键，可以放大显示图像；按<Ctrl>+<->组合键，可以缩小显示图像；按<Ctrl>+<0>组合键，可以使图像自动适配至屏幕大小显示。按住<Ctrl>键，可以将当前的【缩放】工具切换为【移动】工具，释放<Ctrl>键后，即恢复到 🔍 工具。

选择 🔍 工具，在图像中单击鼠标右键，

弹出的右键菜单如图1-12所示。其中的命令功能比较明确，这里不做详细解释。

> 按屏幕大小缩放
> 实际像素
> 打印尺寸
>
> 放大
> 缩小

图1-12 【缩放】工具的右键菜单

七、【抓手】工具

Photoshop工作区的范围是有限的，当需要对图像的局部进行精细处理时，有时需要将图像放大显示到超出图像窗口的范围，此时图像在窗口内将无法完全显示。利用工具箱中的【抓手】工具 ✋ 可以在窗口中移动图像，对其进行局部观察和修改。

按<H>键便可选中 ✋ 工具，按住<Ctrl>键，在图像上单击，可以对图像进行放大显示；按住<Alt>键，在图像上单击，可以对图像进行缩小显示；当使用工具箱中的其他工具时，按住空格键不放，将鼠标指针移动至图像上，可以暂时将当前工具切换为 ✋ 工具。

八、【导航器】调板

【导航器】调板是用来观察图像的，可方便用户对图像进行缩放，如图1-13所示。在调板的左下角显示百分比数字，用户可直接输入数值，按<Enter>键确认后，即会显示相应的百分比，在导航器中也会有相应的预览图；也可以用鼠标拖曳导航器下方的三角滑块来改变缩放比例。单击左侧较小的图标可使图像缩小显示，单击右侧较大的图标可放大显示。

图1-13 【导航器】调板

单击【导航器】右边的三角形按钮，在

弹出的菜单中选择【面板选项】命令，弹出【面板选项】对话框，如图1-14所示。在该对话框中可定义【显示框】的颜色，在【导航器】的预览图中可以看到用色框表示图像的观察范围。默认色框的颜色是红色。单击色块会弹出【拾色器】对话框，用户可在其中选择相应颜色，在色块中会显示所选的颜色。另外，也可从【颜色】下拉列表中选择系统自带的其他颜色。

图1-14 【面板选项】对话框

1.1.6 图像文件的颜色设置

在Photoshop CS5的工具箱中有两个大的颜色色块，分别是【设置前景色】色块和【设置背景色】色块，它们的位置如图1-15所示，分别用其来设置图像的前景色和背景色。前景色就相当于绘画时使用的颜料或笔的颜色，当使用工具箱中的【画笔】或【铅笔】等绘图工具时，都是使用前景色；背景色就相当于绘画时使用的画布或纸的颜色。

默认情况下，前景色和背景色分别为黑色和白色，单击如图1-15所示右上角的箭头，可切换前景色和背景色的位置。单击如图1-15所示左上角的小黑白图标，无论当前显示的是何种颜色，可将前景色和背景色切换到默认的黑色和白色。

图1-15 颜色色块

Photoshop CS5提供了多种颜色选取和设置方式，下面分别介绍设置前景色和背景色的方法。

一、拾色器

单击工具箱中的前景色或背景色图标，

弹出的【拾色器】对话框如图1-16所示。对话框左侧的正方形色块被称为色域，在色域的任意位置单击，在对话框右上角就会显示出当前选中的颜色，并且在右下角出现相对应的各种颜色模式定义的数据，包括【HSB】、【Lab】、【RGB】和【CMYK】颜色模式。用户也可直接输入所需的颜色数值。

图1-16 【拾色器】对话框（1）

该对话框中间的彩色色带被称为颜色滑块，用鼠标拖曳其两侧的三角形按钮，或在颜色滑块适当的颜色上单击，可以确定颜色的范围。【颜色滑块】与颜色选择区域中显示的内容会因不同的颜色描述方式（【HSB】、【RGB】或【Lab】模式）而有所不同。

如选择【R】选项时，【颜色滑块】即为调整红色的变化，【色域】内即为调整绿色和蓝色的变化。颜色选择区域内的纵向即会表示出绿色信息的强弱变化，横向会表示出蓝色信息的强弱变化，如图1-17所示。

图1-17 【拾色器】对话框（2）

单击【拾色器】对话框中的 颜色库 按钮，弹出【颜色库】对话框，如图1-18所示。它允许按照标准的颜色标本来精确地选择颜色，但这需要读者对颜色和颜色模式有较深入的了解。单击 拾色器(P) 按钮，又可以重新回到标准的【拾色器】对话框中。

图1-18 【颜色库】对话框

二、【颜色】调板

选择菜单栏中的【窗口】/【颜色】命令，将【颜色】调板显示在工作区中，如图1-19所示。在【颜色】调板中的左上角有两个色块，用于表示前景色和背景色。色块上有黑框的表示被选中，所有的调节只对选中的色块有效。单击调板右上角的三角形按钮，弹出的菜单中的不同选项是用来选择不同色彩模式的，如图1-20所示。不同的色彩模式，调板中滑动栏的内容也不同，通过拖曳三角形滑块或输入数值可改变颜色的设置。直接单击调板中的前景色或背景色图标也可调出【拾色器】对话框。

图1-19 【颜色】调板

图1-20 弹出的菜单

用户可以通过弹出的菜单，改变【颜色】调板下方的颜色条所显示的内容，根据不同的需要来选择不同的颜色条形式。在【颜色】调板中，当鼠标指针移至下方的颜色条上时，会自动变成一个吸管，用户可直接在颜色条中吸取前景色或背景色，如图1-21所示。如果想选择黑色或白色，可在颜色条的最右端单击黑色或白色的小方块。

图1-21 用吸管吸取颜色

当选取的颜色无法在印刷中实现时，在【颜色】调板中会出现一个带叹号的三角图标，如图1-22所示；在其右边会有一个可以替换的色块，替换的颜色一般都较暗。

图1-22 叹号图标

三、【色板】调板

选中【色板】调板，如图1-23所示。【色板】调板和【颜色】调板有共同之处，都可用来改变工具箱中的前景色或背景色。

图1-23 【色板】调板

无论正在使用何种工具，只要将鼠标指针移至【色板】调板上，使其指针都会变成吸管的形状，如图1-24所示。在色块上单击可改变工具箱中的前景色，按住<Ctrl>键单击可改变工具箱中的背景色。

图1-24 吸管形状

若要在【色板】调板上添加颜色，可用吸管工具在图像上选取颜色，当鼠标指针移至【色板】调板的空白处时，使其指针就会变成油漆桶的形状，如图1-25所示；单击可将当前工具箱中的前景色添加到色板中。若要删除【色板】中的颜色，只要按住<Alt>键就可以使图标变成剪刀的形状，如图1-26所示，在任意色块上单击即可将此色块剪掉。

图1-25 油漆桶的形状

图1-26 剪刀的形状

如果要恢复软件默认的设置，可单击【色板】调板右边的黑三角形按钮，在弹出的菜单中选择【复位色板】命令，如图1-27所示；将弹出【Adobe Photoshop CS5 Extended】对话框。在弹出的对话框中有3个按钮，单击 确定 按钮可恢复到软件预设的状态；单击 追加(A) 按钮可使软件保留现有颜色并添加预设的颜色；单击 取消 按钮可取消此命令。

图1-27 【复位色板】命令

另外，如果要将当前的颜色信息存储起来，可在弹出的菜单中选择【存储色板】命令。如果要调用这些文件，可选择【载入色板】命令。用户也可选择【替换色板】命令，用新的颜色替换当前色板中的颜色。

1.1.7 标尺、网格和参考线设置

标尺、网格和参考线是Photoshop CS5中的帮助工具，使用的频率比较高。使用这3种工具进行图形绘制和图像处理极为方便，在绘制和移动图形的过程中，可以帮助用户精确地进行定位和对齐。本小节将详细介绍标尺、网格和参考线的设置与使用方法。

一、标尺的使用方法

选择菜单栏中的【视图】/【标尺】命令，在图像窗口的左边和上边就会弹出标尺；当再选择此命令时，可将标尺隐藏。选择菜单栏中的【编辑】/【首选项】/【单位与标尺】命令，可弹出如图1-28所示的【首选项】对话框。在【单位】分组文本框的【标尺】下拉列表中可选择不同的参数设置，来改变标尺的单位。

图1-28 【首选项】对话框（1）

在图像窗口中，将鼠标指针移动至标尺的位置，按住鼠标左键向外拖曳，可拖曳出参考线。如果想改变参考线的位置，使用工具箱中的【移动】工具，将鼠标指针移动至参考线上，按下鼠标左键拖曳即可移动参考线；如果要使参考线和标尺上的刻度相对应，在按住<Shift>键的同时拖曳即可；如果

想要改变参考线的方向，在按住<Alt>键的同时单击或拖动参考线，参考线的方向就会发生变化。将鼠标指针放在标尺左上角的水平与垂直坐标相交处，按住鼠标左键并沿对角线向外拖曳，将出现一组十字线，释放鼠标左键后会改变标尺原点的位置。如果要恢复原点的位置，只需双击标尺左上角的相交处，即可将标尺原点位置还原到默认状态。

二、网格的使用方法

选择菜单栏中的【视图】/【显示】/【网格】命令，在当前文件的图像窗口中就会显示出网格，当再次选择该命令时，可以将网格隐藏。

选择菜单栏中的【编辑】/【首选项】/【参考线、网格、切片】命令，可弹出如图1-29所示的【首选项】对话框，在【网格】分组文本框中各选项的下拉列表中，可进行不同选项及参数的设置，来改变网格的显示效果。

图1-29　【首选项】对话框（2）

选择菜单栏中的【视图】/【对齐到】/【网格】命令，可以使绘制的选区或图形自动对齐到网格。再次选择该命令，即可将对齐网格命令关闭。

三、参考线的使用方法

将标尺显示在视图窗口中，将鼠标指针放在标尺的位置，按住鼠标左键向外拖曳，添加的参考线形态如图1-30所示。

图1-30　添加的参考线形态

选择菜单栏中的【视图】/【新建参考线】命令，可弹出【新建参考线】对话框，如图1-31所示。在此对话框中可设置参考线的取向，并直接以输入数值的方式确定参考线的位置。

图1-31　【新建参考线】对话框

选择菜单栏中的【视图】/【锁定参考线】命令，可将所有的参考线锁定。选择【移动】工具，将鼠标指针移至参考线上，按下鼠标左键拖曳，即可移动参考线。当拖曳参考线到图像窗口之外时，释放鼠标左键即可将其删除。选择菜单栏中的【视图】/【清除参考线】命令，可以将图像窗口中的所有参考线全部删除。

1.2　课堂实训

下面通过课堂实训再来巩固一下前面所学的知识，练习如何进行一些Photoshop CS5的基本操作。

1.2.1　修改并保存图像文件

当用户绘制完成一幅图像后，就可以将处理完的图像直接保存或重命名后保存。

1. 当用户绘制完成一幅图像后，选择菜单栏中的【文件】/【存储】命令，将弹出如图1-32所示的【存储为】对话框。

图1-32 【存储为】对话框

2. 在【保存在】下拉列表中选择"本地磁盘（D: ）"，单击【创建新文件夹】按钮 📁 ，创建一个新的文件夹，如图1-33所示。

3. 将创建的新文件夹命名为"最终效果"，双击将其打开，然后在【文件名】下拉列表中输入"个性桌面最终效果"作为文件名称，如图1-34所示。

图1-33 创建新文件夹

图1-34 输入文件名称

4. 单击 保存(S) 按钮，即可保存处理完成的图像文件。若有需要，按照保存的文件名称及路径就可以打开此文件。

另外一种存储图像文件的方法。

1. 选择菜单栏中的【文件】/【打开】命令，在弹出的【打开】对话框中打开Photoshop CS5自带的"鱼.psd"图像文件，打开后的图像与其【图层】调板形态如图1-35所示。

2. 将鼠标指针放置在【图层】调板中如图1-36所示的"旋涡"图层上；按下鼠标左键拖动该图层到如图1-37所示的删除图层按钮上。

图1-35　打开的图像与【图层】调板

图1-36　鼠标指针放置的位置

3. 释放鼠标左键后，即可删除该图层，删除图层后的图像效果如图1-38所示。

图1-37　删除图层状态

图1-38　删除图层后的图像效果

4. 使用同样的方法，将【图层】调板中的"气泡"图层删除。

5. 在【图层】调板中双击"金色彩纹鱼"图层，弹出【图层样式】对话框，设置【投影】及【斜面和浮雕】选项，为该图层添加效果，参数采用默认设置。再次双击"彩虹鱼"图层，为其添加同样的效果。最后效果如图1-39所示。

6. 选择菜单栏中的【文件】/【存储为】命令，弹出【存储为】对话框，在【文件名】文本框中输入"鱼—修改"作为文件名，如图1-40所示。

图1-39　图像最后效果

图1-40　【存储为】对话框

7. 单击 保存(S) 按钮，即可保存修改后的图像文件。

1.2.2 查看图像文件

为了方便用户查看图像的局部细节或整体效果,可对图像进行更改屏幕模式、缩放或平移等操作。本小节将利用【缩放】工具和【抓手】工具来查看图像文件。

1. 选择菜单栏中的【文件】/【打开】命令,在弹出的【打开】对话框中打开Photoshop CS5 自带的"消失点.psd"图像文件,如图1-41所示。

2. 选择【缩放】工具 🔍 ,在打开的图像中单击,将图像放大显示到100%,放大后的画面如图1-42所示。

图1-41 打开的图像文件

图1-42 放大后的画面

3. 选择【抓手】工具 🖐 ,将鼠标指针移动到画面中,按下鼠标左键进行拖曳,可以平移观察画面中其他部分的图像,其平移图像窗口的状态如图1-43所示。

 利用 🔍 工具将图像放大后,图像在窗口中将无法完全显示,此时可以利用 🖐 工具平移图像,对其进行局部观察。【缩放】工具和【抓手】工具经常配合使用。

4. 选择工具箱中的 🔍 工具,在要放大的图像中按下鼠标左键向右下角拖曳,将出现一个虚线的矩形框,如图1-44所示。

图1-43 平移图像窗口状态

图1-44 拖曳鼠标状态

5. 释放鼠标左键,放大后的画面如图1-45所示。

6. 选择工具箱中的 🔍 工具,将鼠标指针移动到画面中,按住<Alt>键,在放大的图像中单击,可以将画面缩小显示,缩小后的画面如图1-46所示。

图1-45 放大后的画面　　　　　　　　　　　　图1-46 缩小后的画面

　　对于初学者来说，有几个方面需要特别注意。一是在制作的过程中要养成随时存盘的习惯，避免因意外原因丢失数据；二是通过本讲的学习，要注意熟练使用快捷键进行操作。

1.3　课后作业

一、思考题

1. Photoshop CS5的界面主要分为几部分？各部分的功能是什么？
2. 点阵图和矢量图的概念是什么？它们的区别是什么？
3. 简述【存储】与【存储为】命令的区别。
4. 应使用什么工具放大和缩小图像的显示比例？简单说明其操作方法。
5. 简单说明标尺、网格和参考线的设置与使用方法。

二、操作题

1. 用鼠标拖曳图像窗口的标题栏以及拖动图像窗口边框的位置，来移动图像窗口的位置并改变图像窗口的大小。
2. 结合第1.1.3小节所讲的内容，练习调板的显示与隐藏、拆分与组合操作。

第2讲
选区创建工具的应用

在Photoshop中，对图像进行处理的最基本、最常用的工具就是选区工具。创建选区的方法有很多种，可以直接使用工具箱中的选区工具来创建，也可以通过选区命令来创建。本讲将介绍Photoshop CS5中各种选区创建工具及编辑命令的使用方法。

【本讲课时】

本讲课时为6小时。

【教学目标】

- 掌握选框工具的使用方法。
- 掌握套索工具的使用方法。
- 掌握【魔棒】工具的使用方法。
- 学习【选择】菜单命令的使用方法。

2.1　功能讲解

在进行图像处理时，经常会遇到只对图像的局部进行处理，而不修改图像其他区域的情况。此时，可以运用选框工具来指定要编辑的图像区域。Photoshop CS5提供了多种选框工具，包括简单的矩形与椭圆选框工具，套索、多边形套索和磁性套索工具，还有根据颜色的差别来定义选区的魔棒工具。在创建选区后，可以利用【选择】菜单中的命令对图像中的选区进行编辑、调整及设置等操作。

2.1.1　选框工具

在工具箱中按住 🔲 工具不放，弹出如图2-1所示的工具列表。

在如图2-1所示的列表中选择要使用的工具，如 ○ 工具，工具箱中原 🔲 工具的位置上显示为 ○ 工具。用相同的方法，可以在工具箱中切换列表中的4种工具。

■	矩形选框工具	M
○	椭圆选框工具	M
⚏	单行选框工具	
⯀	单列选框工具	

图2-1　工具列表

在图像中创建选区后，会出现一个虚线框，称之为选框。选框内的部分就是选区，后面进行的所有操作只对选区内的图像起作用。

 同一组工具通常使用同一个快捷键，但选框工具特殊。🔲 工具与 ○ 工具的快捷键都是<M>键，反复按<Shift>+<M>组合键，可以在 ○ 工具与 🔲 工具间切换，但不能在 ⚏ 工具和 ⯀ 工具间切换。

一、选框工具的选项栏

使用选框工具时，其选项栏状态如图2-2所示。

🔲 ▾	🔲 🔳 🔳 🔲	羽化: 0 px	☐	样式:	正常 ▾	宽度	⇄	高度		调整边缘...

图2-2　选框工具选项栏

- 单击【新选区】按钮 🔲，在图像中创建选区，新的选区将代替原来的选区。
- 单击【添加到选区】按钮 🔳，在图像中创建选区，新创建的选区与原来的选区合并为新的选区，其操作过程示意图如图2-3所示。

 在激活【新选区】按钮 🔲 时，若按住<Shift>键不放，鼠标指针变成 ✛ 形状，再在图像中创建选区时，新建立的选区将添加至原选区。相当于【添加到选区】🔳 的功能。

图2-3　添加到选区的过程示意图

- 单击【从选区减去】按钮 🔳，如果新创建的选区与原来选区有相交部分，则从原选区中减去相交部分，其操作过程示意图如图2-4所示。

 在激活【新选区】按钮 🔲 时，若按住<Alt>键不放，鼠标指针变成 ✛ 形状，再在图像中创建选区时，原选区中减去与新选区相交的部分。相当于【从选区减去】🔳 功能。

图2-4　从选区减去过程示意图

- 单击【与选区交叉】按钮 ，如果新创建的选区与原来选区有相交部分，则保留相交选区，其操作过程示意图如图2-5所示。

图2-5　相交选区的过程示意图

在激活【新选区】按钮 时，若按住<Shift>+<Alt>组合键不放，鼠标指针变成 形状，再在图像中创建选区时，则保留相交区域。相当于【与选区交叉】功能。

- 羽化: 0px ：决定选区边缘的柔化程度，可以在数值框内输入羽化的数值，其取值范围为0～255。图2-6所示为建立了3个大小相同但【羽化】值不同的矩形选区，其边缘效果的变化各不相同。当给选择工具设置了非"0"的【羽化】值后，新建立的选区范围必须足够大，选区的最小直径至少为【羽化】值的两倍以上，否则会弹出如图2-7所示的提示框。

- □消除锯齿：勾选此复选框，可以使边缘看起来柔和，达到抗锯齿的目的。只在选择 工具时此项才可用。

- 样式: 正常：此下拉列表中有3个选项。选择【正常】选项，可以在图像中创建任意大小与比例的选区；选择【固定比例】选项，可以设置将要创建选区的宽度与高度的比例；选择【固定大小】选项，可以设置将要创建选区的宽度和高度值。

- 调整边缘...按钮：单击此按钮，弹出【调整边缘】对话框，可以重新设置选区的边缘效果。

【羽化】值为0　　【羽化】值为5　　【羽化】值为10

图2-6　【羽化】值对选区的影响

图2-7　警告提示框

二、选区的基本操作

如果当前图像中没有选区，选择工具箱中的 工具或 工具，配合下列快捷键，可以建立特殊选区。

- 按住<Shift>键不放，在图像中拖曳鼠标指针，可以在图像中创建正方形或圆形选区。

- 按住<Alt>键不放，在图像中拖曳鼠标指针，可以生成一个以鼠标指针落点为中心的选区。

在图像窗口中建立选区后，在工具箱中再选择任意一个选区工具，然后将鼠标指针移动至图像窗口的选区内部，当鼠标指针显示为 形状时，拖曳鼠标可以移动选区的位置。

取消选区的常用方法有两种，一种是选择菜单栏中的【选择】/【取消选择】命令，另一种是按<Ctrl>+<D>组合键。

2.1.2 套索工具

套索工具及其隐藏工具如图2-8所示。

利用【套索】工具 ◯、【多边形套索】工具 ◯ 和【磁性套索】工具 ◯，可以在图像中进行不规则多边形以及其他任意形状区域的选择。

◯ 套索工具	L
▪ ◯ 多边形套索工具	L
◯ 磁性套索工具	L

图2-8 套索工具列表

> **提示** ◯工具、◯工具和 ◯工具的快捷键为<L>键，反复按<Shift>+<L>组合键，可以在这3种套索工具间切换。

三、套索工具的使用方法和主要功能

3种套索工具的使用方法各不相同，下面分别对其进行介绍。

(1) ◯工具：选择 ◯工具后，只要按住鼠标左键在图像上拖曳，鼠标指针移动的轨迹就是选区的边界。它的优点是操作简便，缺点是所创建选区的形态较难控制，所以该工具一般用于对精确度要求不高的选择。

(2) ◯工具：选择 ◯工具后，沿要选择的图像边界多次单击，新的鼠标指针落点与前一个落点间会出现一条连线，然后将鼠标指针移回起点，当鼠标指针变为 ◯ 形状时单击，可闭合连线，构成选区。◯工具的优点是选择较精确，缺点是操作比较繁琐。该工具比较适用于边界多为直线或边界曲折复杂的图案。

(3) ◯工具：它是一种比较特别的选择工具，它根据要选择图像边界的像素点颜色来决定进行选择时的工作方式。在要选择图像边界与背景颜色差别较大的部分，可以直接沿边界拖曳鼠标指针，◯工具会根据颜色的差别自动勾画出选框。在颜色差别不大的部分，可以用多次单击的方法勾选边界。这一工具主要适用于选择边界分明的图案。

四、套索工具选项栏

在工具箱中选择 ◯工具或 ◯工具后，选项栏状态如图2-9所示。这些选项在前面都已经讲过，此处不再重复。

| ◯ ▾ | □ ◻ ◻ ◻ | 羽化: 0 px | ☑消除锯齿 | 调整边缘... |

图2-9 ◯工具或 ◯工具的选项栏

在工具箱中选择 ◯工具，选项栏中多了一些特别的参数，如图2-10所示。

| ◯ ▾ | □ ◻ ◻ ◻ | 羽化: 0 px | ☑消除锯齿 | 宽度: 10 px | 对比度: 10% | 频率: 57 | ✎ | 调整边缘... |

图2-10 ◯工具的选项栏

- 宽度: 10 px：该值决定 ◯工具在探测图像边界的范围。【磁性】套索工具只探测从鼠标指针开始指定距离以内的边缘。

- 对比度: 10%：该值指定套索对图像中边缘的灵敏度。较高的值将探测与周围对比强烈的边缘，较低的值将探测低对比度的边缘。

- 频率: 57：该值决定套索以什么速率设置紧固点。使用较高的数值，则捕捉紧固点的速度更快，并且紧固点的数量更多。

- 【使用绘图板压力以更改钢笔宽度】按钮 ✎：该选项只有在用户使用绘图板时才起作用。绘图板是一种外部设备，可用手绘的方式向计算机中输入图像。激活该按钮后，可以在使用绘图板时，以落笔的力度来影响笔画的粗细。

> **提示** 在使用 ◯工具和 ◯工具时，可以多次按<Delete>键，依次取消最后一个点的定位。

在边缘较明显的图像上，可以使用较大的【宽度】值和较高的【对比度】值。在边缘较柔和的图像上，可以使用较小的【宽度】值和较低的【对比度】值。

使用较小的【宽度】值和较高的【对比度】值可以进行较精确的选择。使用较大的【宽度】值和较小的【对比度】值可进行粗略的选择。

2.1.3 【魔棒】工具

Photoshop提供了【魔棒】和【快速选择】两种魔棒工具，在工具箱中按住工具不放，弹出如图2-11所示的工具列表。

图2-11 魔棒工具列表

利用【魔棒】工具和【快速选择】工具，可以在图像中快速选择与鼠标指针落点颜色相近的区域。该工具主要适用于有大块单色区域图像的选择。

提示 选择工具和工具的快捷键为<W>，反复按<Shift>+<W>组合键，可以在这两种魔棒工具间切换。与其他选择工具相同，也可以利用<Shift>键或<Alt>键来增加或减少选区的范围。

一、【魔棒】工具选项栏

在工具箱中选择工具，选项栏如图2-12所示。在这里只介绍前面未讲解过的选项。

图2-12 工具的选项栏

- 容差: 20 ：容差取值范围为0～255。这个参数的值决定了选择的精度，此值越大，选择的精度越小；此值越小，选择的精度越大。

- 连续：勾选【连续】复选框，则只能选择与鼠标指针落点处像素颜色相近且相连的部分。取消勾选该复选框，则可以在图像中选择所有与鼠标指针落点处像素颜色相近的部分。

- 对所有图层取样：对于多图层的文件来讲，一般情况下，所做的操作只对当前图层起作用。使用工具时，不勾选【对所有图层取样】复选框，则只选择当前图层中颜色相近的部分；若勾选该复选框，则可以选择所有图层中可见部分的颜色相近的部分。

二、【快速选择】工具选项栏

在工具箱中选择工具，选项栏如图2-13所示。在这里只介绍前面未讲解过的选项。

图2-13 工具的选项栏

- 选区运算按钮：单击新选区按钮，可以创建一个新的选区；单击添加到选区按钮，可以在原选区的基础上添加新绘制的选区；单击从选区减去按钮，可以再原选区的基础上减去当前绘制的选区。

- 自动增强：勾选【自动增强】复选框，可以减少选区边界的粗糙度和块效应，自动将选区向图像边缘进一步流动并应用一些边缘调整。

- 画笔: ：可以更改画笔的大小。

三、练习修改图像背景

下面以工具的使用为例，简单练习使用选区工具对图像进行编辑修改的方法。

首先学习选择图像中的白色背景。

1. 选择菜单栏中的【文件】/【打开】命令，打开本书配套资源"Map"目录下的"兰花.jpg"文件，这是一幅白色背景的兰花图像。

2. 选择工具箱中的 工具，选项栏使用默认设置。

3. 在图像边缘的白色上单击，选择外围的白色背景部分，选区效果如图2-14所示。

图2-14 外围背景的选区效果

4. 在选项栏中单击【添加到选区】按钮 ，然后在图像中兰花内较小的白色背景部分上单击，直到将所有的白色背景选择。

5. 在工具箱中将背景色设置为黑色。按 <Delete>键，弹出【填充】对话框，在【内容】选项中选择【背景色】，删除选区内的图像，露出黑的背景色，效果如图2-15所示。

图2-15 黑色背景效果

再学习在背景上添加星光效果，对图像进行装饰。

6. 选择工具箱中的 工具，然后在【调板区】中调出【工具预设】调板，如图2-16所示。

图2-16 【工具预设】调板

7. 单击【工具预设】调板右侧的 按钮，在弹出的菜单中选择【载入工具预设】命令，载入本书配套资源"Map"目录下的"工具预设04.tpl"文件。

8. 在【工具预设】调板中选择【白色星光】工具预设，在图像中黑色背景部分拖曳，在背景上添加如图2-17所示的星光效果。

图2-17 背景的星光效果

9. 按<Ctrl>+<D>组合键，取消选区。

10. 选择菜单栏中的【文件】/【存储为】命令，将当前图像存储为"星光背景.jpg"文件。

2.1.4 【选择】菜单

在创建选区后，还可以利用【选择】菜单中的命令对选区的形态进行编辑。【选择】菜单命令主要用来对图像中的选区进行编辑、调整及设置等操作。选择菜单栏中的【选择】命令，弹出的菜单如图2-18所示。

在图像中存在选区的情况下，具体操作介绍如下。

- 选择菜单栏中的【选择】/【调整边缘】命令，弹出的【调整边缘】对话框如图2-19所示。

- 选择菜单栏中的【选择】/【修改】/【边界】命令，弹出的【边界选区】

对话框如图2-20所示。在【宽度】文本框内输入适当的数值，单击 确定 按钮，可以沿选区的边缘创建相应宽度的边框选区。

图2-18 【选择】菜单　　　　　　图2-19 【调整边缘】对话框　　　　　图2-20 【边界选区】对话框

- 选择菜单栏中的【选择】/【修改】/【平滑】命令，弹出的【平滑选区】对话框如图2-21所示。在【取样半径】文本框内设置适当的参数，单击 确定 按钮，可以使当前选区中小于【取样半径】值的尖角都产生圆滑的效果。

- 选择菜单栏中的【选择】/【修改】/【扩展】命令，弹出的【扩展选区】对话框如图2-22所示。在【扩展量】文本框内输入适当的数值，单击 确定 按钮，可以将选区向外扩展相应的像素数。

- 选择菜单栏中的【选择】/【修改】/【收缩】命令，弹出的【收缩选区】对话框如图2-23所示。在【收缩量】文本框内输入适当的数值，单击 确定 按钮，可以将选区向内收缩相应的像素数。

图2-21 【平滑选区】对话框　　　　图2-22 【扩展选区】对话框　　　　图2-23 【收缩选区】对话框

其中的【羽化】命令和前面介绍【矩形】选框时的【羽化】选项功能相同，这里不再赘述。

- 选择菜单栏中的【选择】/【扩大选取】命令，可以将选区在图像上延伸，将与当前选区内像素相连且颜色相近的像素点一起扩充到选区中。

- 选择菜单栏中的【选择】/【选取相似】命令，可以使选区在图像上延伸，将图像中所有与选区内像素颜色相近的像素都扩充到选区内，包括相连和不相连的所有相近像素。

- 选择菜单栏中的【选择】/【变换选区】命令，选区四周会出现一个带有调节手柄的矩形。通过拖动调节手柄，可以对选区的大小进行缩小和拉伸以及对选区进行旋转等变形操作。

> **提示** 如果对选区直接使用【编辑】/【自由变换】命令或【编辑】/【变换】命令，缩小、拉伸或旋转变形的不仅仅是选区，还包括选区范围内的图像。

- 选择菜单栏中的【选择】/【载入选区】命令，可以调用存放在通道中的选区。
- 选择菜单栏中的【选择】/【存储选区】命令，可以将图像的选区存放到通道中。

2.2 范例解析——CD封面制作

本节将学习用Photoshop CS5来制作一个自己喜欢的CD封面。制作封面的过程中，不仅会用到选区的选取与编辑、图层的基本操作等命令，还会涉及一些调整图像尺寸等方面的知识。

CD封面的最终应用效果如图2-24所示。

1. 选择菜单栏中的【文件】/【新建】命令，在弹出的【新建】对话框中设置图像高度和宽度均为"20cm"、分辨率为"200dpi"，其他参数设置保持默认。

图2-24 CD封面最终应用效果

2. 选择菜单中的【文件】/【存储为】命令，在弹出的【存储为】对话框中将该文件命名为"CD封面"，并以".psd"格式保存。

3. 选择菜单栏中的【文件】/【打开】命令，打开本书配套资源"Map"目录下的"CD封面素材1.jpg"文件，选择工具箱中的 工具或按<V>键，然后将素材图像拖动至之前新建的CD封面文件中，并关闭素材文件，如图2-25所示。

4. 将图层1重命名为"CD封面底图"，选择菜单栏中的【编辑】/【自由变换】命令或按下<Ctrl>+<T>组合键，然后按下<Alt>+<Shift>组合键，将图像变换至合适大小，如图2-26所示。

5. 按<Ctrl>+<R>组合键打开标尺，并设置合适的参考线，以便于定位圆心，如图2-27所示。

图2-25 拖动素材图片至文件中　　　　图2-26 变换图像至合适大小　　　　图2-27 建立参考线

6. 选择 工具，按住<Alt>+<Shift>组合键，以参考线交点为圆心，建立如图2-28所示的圆形选区。

7. 选择菜单栏中的【选择】/【反向】命令或按下<Ctrl>+<Shift>+<I>组合键，反选选区，按<Delete>键删除图像中的多余部分，如图2-29所示。

8. 再次执行【选择】/【反向】命令，将选区反选，单击图层调板下方的【新建图层】按钮

■，新建一个图层并命名为"基板"，将其拖动至"CD封面底图"图层下方，如图2-30所示。

图2-28 绘制圆形选区

图2-29 反选选区并删除图像

图2-30 新建并调整图层

9. 选择菜单栏中的【选择】/【修改】/【扩展】命令，在弹出的【扩展选区】对话框中输入扩展量为"12px"，如图2-31所示。

10. 选择 ■ 工具，在选项栏中单击 ■ 按钮的颜色条部分，弹出【渐变编辑器】对话框，单击 ⊙ 按钮，如图2-32所示，在弹出的菜单中选择【色谱】命令，再在弹出【渐变编辑器】对话框中单击 追加(A) 按钮，如图2-33所示。

图2-31 扩展选区

图2-32 载入【色谱】预设

图2-33 单击 追加(A) 按钮

11. 在【预设】栏中选择【浅色普】选项 ▨ ，如图2-34所示，单击 确定 按钮。在选区中，从左至右拖动鼠标指针，使用【浅色普】渐变制作出光盘的反光效果，如图2-35所示。

图2-34 选择【浅色谱】选项

图2-35 制作反光效果

12. 在【图层】调板中双击"基板"图层，在弹出的【图层样式】对话框中设置【投影】参数，如图2-36所示，最后得到如图2-37所示的投影效果。

图2-36 【投影】参数设置

图2-37 完成投影效果

13. 选择 ◯ 工具，按住<Alt>+<Shift>组合键，以参考线交点为圆心，建立如图2-38所示的圆形选区。

图2-38 绘制圆形选区

14. 单击图层调板中的"CD封面底图"图层，按<Delete>键，再单击"基板"图

层，按<Delete>键，删除选中的图像部分，然后按<Ctrl>+<D>组合键取消选区，制作出中空效果，如图2-39所示。

图2-39 删除选取部分

15. 选择 ◯ 工具，按住<Alt>+<Shift>组合键，以参考线交点为圆心，再次建立如图2-40所示的圆形选区。

图2-40 绘制圆形选区

16. 选择菜单栏中的【选择】/【修改】/【边界】命令，在弹出的【边界选区】对话框中输入边界为"12 px"，得到如图2-41所示的选区。

图2-41 选择边界

17. 单击图层调板中的"CD封面底图"图层，按<Delete>键，再按<Ctrl>+<D>组

合键取消选区，制作出CD镂空效果，如图2-42所示。

18. 选择菜单中的【文件】/【打开】命令，打开本书配套资源"Map"目录下的"CD封面素材2.jpg"文件。选择 ▶╬ 工具，然后将素材图像拖动至"CD封面"文件中的合适位置，如图2-43所示，并将素材文件所在的图层命名为"人物"。

图2-42 制作镂空效果

图2-43 导入素材文件

19. 选择工具箱中的 ✨ 工具，并在选项栏中取消勾选【连续】复选框，使用 ✨ 工具单击"人物"图层中的空白区域，按<Delete>键，将素材图片的背景删除，再按<Ctrl>+<D>组合键取消选区，效果如图2-44所示。

20. 选择【编辑】/【自由变换】命令，然后按住<Shift>键，将图像变换至合适大小，并移动至如图2-45所示的位置。

图2-44 清除图像背景

图2-45 缩放变换并移动图像

21. 按住<Ctrl>键，单击"CD封面底图"图层的缩略图，将其载入选区。确保当前图层为"人物"图层，按<Ctrl>+<Shift>+<I>组合键，将选区反选，按<Delete>键删除选择部分，并按<Ctrl>+<D>组合键取消选区，如图2-46所示。

到这一步，整个CD封面的效果就差不多做完了，下一步将使用【文字】工具 T.为封面添加一些文字说明。

22. 选择工具箱中的 T.工具，在文件的任意位置单击，输入文字"圣诞歌曲合辑"。选中文字，将字体设置为"方正综艺简体"、字号为"36点"、颜色为"白色"，按<Ctrl>+<Enter>组合键确认输入。

23. 选择工具箱中的 ▶╬ 工具，将文字图层移动至合适位置。

至此，一个精美的CD封面便制作完成了，最终效果如图2-47所示。读者还可以再把每首歌的名字用【文字】工具制作在封面的合适位置。

图2-46 修减图层

图2-47 最终效果

2.3 课堂实训——制作个性签名图片

下面通过课堂实训再来巩固一下本次课程所学的知识，加强练习如何利用选区创建工具及编辑命令来绘制并处理图像，创作出更多具有创意的图案效果。

在论坛中经常会看到许多精致的个性签名，这些签名图片设计美观，很容易吸引读者。本次实训将学习利用选区工具及画笔、文字、图层等工具，还将用到【羽化】及其他命令，来制作一幅精美的个性签名图片。最终效果如图2-48所示。

该练习的制作流程示意图如图2-49所示。

图2-48 最终效果

1. 新建文件　　2. 笔刷绘制底纹　　3. 填充颜色　　4. 导入素材

8. 添加文字修饰　　7. 选区剪裁图像　　6. 制作倒影　　5. 填充渐变

图2-49 制作流程示意图

【操作步骤提示】

1. 新建一个文件，设置参数如图2-49左上角所示，并将其命名为"个性签名图片.psd"保存。

2. 将背景图层填充为纯黑色。

3. 选择工具箱中的 ✎ 工具，调出【画笔】调板，单击右侧的 ▼≡ 按钮，在弹出的菜单中选择【载入画笔】命令，载入本书配套资源"Map"目录下的"花纹.abr"文件。并将当前画笔设置为"Sampled Brush 2"。

4. 在【画笔预设】中勾选【形状动态】和【散布】复选框，并设置其参数，如图2-50所示。

图2-50　参数设置

5. 设置前景色为橘红色（R:255,G:102,B:0），使用【画笔】工具在背景图层中绘制出如图2-51所示的花纹效果。注意笔触的分布，不要太多太满。

6. 选择工具箱中的 ◯ 工具，在适当位置绘制圆形选区。按<Shift>+<F6>组合键，打开【羽化选区】对话框，输入羽化半径为"60px"，单击 确定 按钮。

7. 新建一个图层，按<Alt>+<Delete>组合键填充前景色，如图2-52所示。

8. 打开本书配套资源"Map"目录下的"创意签名图片素材1.jpg"文件，将其拖动到画布中，并调节大小和位置，如图2-53所示，并使用 ✎ 工具删除图片中的黑色区域。

图2-51　绘制底纹　　　　　　　　图2-52　填充选区　　　　　　　　图2-53　导入的图片

9. 按住<Ctrl>键左键单击"图层2"缩略图选中图形选区，使用【渐变】工具填充，渐变设定如图2-54所示，填充后的效果如图2-55所示。

下面开始制作倒影。

10. 按<Ctrl>+<J>组合键，将"图层2"复制生成"图层2 副本"。使用【变换】命令将"图层2副本"垂直翻转，并移动至苹果图案正下方。

11. 在图层调板中单击 ◻ 按钮，给"图层2副本"添加蒙版，再使用黑白渐变由下至上为蒙版填充渐变色，可重复多次，直到合适为止。效果如图2-56所示。

图2-54 渐变编辑

图2-55 应用渐变效果

图2-56 制作倒影

12. 打开本书配套资源 "Map" 目录下的 "创意签名图片素材2.jpg"，将其拖曳到画布中，调整图层顺序，使 "图层3" 位于 "图层1" 和 "图层2" 之间，如图2-57所示。

13. 按住<Ctrl>键单击 "图层2" 的缩略图，将其载入选区。使用【收缩选区】命令将选区收缩 "4px"。确保当前图层为 "图层2"，按<Delete>键删除 "图层2" 中的选中内容。

14. 将选区反选，选中 "图层3"，按<Delete>键删除 "图层3" 的选中部分，如图2-58所示。

15. 最后再添加一些文字作为装饰，整体效果如图2-59所示。

图2-57 调整图层顺序

图2-58 删除多余部分

图2-59 添加文字

16. 选择菜单栏中的【文件】/【存储】命令，将其保存在本书配套资源的 "课堂实训" 目录中。

2.4 综合案例——创意相册制作

本节主要使用选框工具、【图层】调板等工具制作一个创意相册，通过练习使读者重点掌握选区的创建与编辑。本例中制作的相册轻盈动感，背景与前景虚实分明，错落有致，最终效果如图2-60所示。

该练习的制作流程示意图如图2-61所示。

图2-60 "创意相册"最终效果

图2-61 制作流程示意图

【操作步骤提示】

1. 选择【文件】/【新建】命令,弹出【新建】对话框,设置的参数如图2-62所示。选择【文件】/【存储为】命令,将文件命名为"创意相册.psd"保存。

2. 打开本书配套资源"Map"目录下的"创意相册制作素材1.jpg"文件。

3. 利用 ▶﹢ 工具将图片拖入"创意相册"文件中,按<Ctrl>+<T>组合键为其添加变换框,并调整大小,如图2-63所示。

图2-62 【新建】对话框

图2-63 导入素材图片

4. 新建"图层2",按<Alt>+<Delete>组合键将前景色填充成白色,按<Ctrl>+<T>组合键为其添加变换框并调整大小,如图2-64所示。

5. 将"图层2"合并到"图层1"中,双击"图层1"的缩略图,弹出【图层样式】对话框,设置参数如图2-65所示。

图2-64 填充颜色并调整大小

图2-65 参数设置

6. 将"图层1"复制两次，分别按<Ctrl>+<T>组合键将3个图层调整成如图2-66所示的形状。

7. 打开本书配套资源"Map"目录下的"创意相册制作素材2.jpg"文件。利用 工具将图片拖入"创意相册"文件中，生成"图层2"，调整位置如图2-67所示。

图2-66　调整的形状　　　　　　　　　　　图2-67　拖入图片

8. 将"图层2"的不透明度改为"35%"，如图2-68所示。将背景图层填充为灰色，颜色参数的设置如图2-69所示。

图2-68　更改透明度　　　　　　　　　　　图2-69　填充的颜色

9. 新建"图层3"，利用 工具绘制出如图2-70所示的圆角矩形，将【图层】调板切换为【路径】调板，单击【路径】调板右上角的 按钮，在弹出的菜单中选择【建立选区】命令，将路径转化成选区，并填充浅灰色，如图2-71所示。

图2-70　绘制圆角矩形　　　　　　　　　　图2-71　填充颜色

10. 打开并对齐网格，按住<Alt>+<Shift>组合键，利用 工具将圆角矩形复制一排，如图

2-72所示。

11. 将"图层3"复制生成"图层3副本"，再将"图层3副本"移到图像下方，如图2-73所示。

图2-72 复制圆角矩形（1）

图2-73 复制圆角矩形（2）

12. 选择工具箱中的 T 工具，输入一排文字，如图2-74所示。

13. 双击"创意相册"文字图层缩略图，弹出【图层样式】对话框，分别设置【投影】和【描边】的参数，如图2-75和图2-76所示。

图2-74 输入文字

图2-75 【投影】参数设置

14. 单击 确定 按钮后，最终效果如图2-77所示。

图2-76 【描边】参数设置

图2-77 最终效果

2.5 课后作业

创建一幅效果如图2-78所示的新图像作为ppt的模板。操作时，请读者参照本书配套资源"课后作业"目录下的"ppt模板制作.psd"文件。

图2-78 绘制完成的ppt模板

该练习的制作流程示意图如图2-79所示。

图2-79 制作流程示意图

【操作步骤提示】

(1) 利用选框工具绘制选区，填充同一色系不同明暗的颜色。

(2) 使用【画笔】工具绘制背景云彩效果。

(3) 注意调整不同图形的不透明度，使图形和背景得到融合。

(4) 选择菜单栏中的【滤镜】/【渲染】/【光照效果】命令或者【渐变】工具，给图形添加明暗效果。

第3讲
图层基础知识

    Photoshop CS5中的很多功能和效果都是基于图层产生的，本次课程将重点介绍图层的基本概念与基本操作。此外还将介绍图像处理和图层操作中经常用到的【移动】工具的相关内容。

【本讲课时】

    本讲课时为4小时。

【教学目标】

- 了解图层的基本概念。
- 掌握图层的基本操作
- 掌握【移动】工具的使用方法。

3.1 功能讲解

在进行图像处理和图层操作时，读者可以利用移动工具对图像进行移动、复制或变换等基本操作，还可以方便地对链接图层进行对齐和分布。

3.1.1 图层的基本概念

什么是图层？为了方便读者理解，可以打一个简单的比方进行说明。

比如要在一张纸上绘画，当需要在画上添加一些新的图案时，可以先在纸上铺一张透明纸，在这张透明纸上再绘制要添加的图案，并可以通过移动纸或透明纸的位置来改变两层图案的相对位置。也可以添加或拿开部分透明纸，来观察在图像中添加或减去部分内容后的效果。用户可以根据需要添加很多层透明纸，以便对图像的效果进行灵活地调整。

Photoshop就是利用了这种原理，绘制图像的纸和这些透明纸就相当于Photoshop中的图层。这种层层堆放的图层关系，称之为堆叠。一个文件中的所有图层都具有相同的分辨率、相同的通道数以及相同的图像模式。图层概念的示意图如图3-1所示。

一、常用的图层类型

Photoshop CS5中的图层类型很多，下面首先了解一些最常用的图层类型。其他类型在后面的学习中会陆续介绍。

为了便于读者理解，首先打开一幅含有多个图层的图像进行对照学习。打开本书配套资源"Map"目录下的"海报001.psd"文件，打开该文件后的【图层】调板，如图3-2所示，显示"海报001.psd"文件中包含的所有图层。

(1) 普通层。

普通层是最基本的图层类型，它在图像中的作用相当于前面所说的一张透明纸。

(2) 背景层。

在Photoshop CS5中，背景层相当于绘画时最下层的不透明纸。背景层无法与其他层交换堆叠次序，但背景层可以与普通层相互转换。

图3-1　图层概念的示意图　　　　　　　图3-2　【图层】调板（1）

选择菜单栏中的【图层】/【新建】/【背景图层】命令，或者在【图层】调板的背景层上双击，在弹出的【新建图层】中单击 确定 按钮，即可将背景层转换为普通层。

(3) 文字层。

使用【文字】工具在图像中创建文字后，系统将自动新建一个图层。在【图层】调板中，如果某层的缩览图为 T 图标，则该层为文字层。文字层主要用于编辑文字的内容、属性和方向。

(4) 调节层。

调节层可以调节其下方所有图层中图像的色调、亮度及饱和度等。在【图层】调板中，调节层的图层缩览图会根据调节层的具体类型发生变化。

(5) 效果层。

用户可以对图层使用图层样式，也就是使该层产生立体、发光及填充等效果。当为一个图层应用图层样式时，该层右侧将出现图标 fx ，表示该图层就是带有图层样式的效果层。

(6) 形状层。

形状层是利用工具箱中的图形工具创建的图层，它主要是用于在图像中创建各种矢量形状，如矩形、花朵等。该类图层主要包含3部分内容：填充内容、形状和矢量蒙版。

(7) 图层组。

图层组是图层的组合，它的作用相当于Windows系统资源管理器中的文件夹，主要用于组织和管理连续图层。

(8) 蒙版层。

图层蒙版的作用是根据蒙版中颜色的变化使其所在层图像的相应位置产生透明效果。蒙版层的内容比较复杂，而且一般需要与其他命令和工具结合起来使用。在这里只是简单介绍一下，其具体应用将在

后面的学习中详细介绍。

(9) 图层剪贴组。

在图层剪贴组中，用基底层（基底层是指图层剪贴组中最下方的图层）充当整个组的蒙版。也就是说，一个图层剪贴组的不透明度是由基底层的不透明度来决定的。

(10) 智能对象。

在Photoshop CS5中，可以通过转换一个或多个图层来创建智能对象。在【图层】调板中双击【智能对象】符号 的图层缩略图，就能创建一个新的文件图像。对新图像编辑后保存，原文件中的"智能对象"也会自动更新。

二、【图层】调板

【图层】调板是用来管理和操作图层的，对图层进行的大多数设置和修改等操作都是在【图层】调板中完成的。打开文件后的【图层】调板如图3-3所示，其中标示了该调板中各选项及按钮图标的含义。

图3-3 【图层】调板（2）

3.1.2 图层的基本操作

图层的灵活性是其重要的优势之一，用户可以方便地对图层进行选择、创建、移动堆叠位置、复制及删除等操作，下面就来学习有关图层的基本操作。

一、选择图层

- 选择单个图层：在需要操作的图层上单击，当图层显示为蓝色时，表示该图层是当前编辑图层。
- 选择多个图层：按住<Ctrl>键或<Shift>键的同时，依次单击要选择的图层，可选择多个图层。按住<Ctrl>键，可以间隔选择多个图层；按住<Shift>键，则选择两个图层之间所有的图层。

 当按住<Ctrl>键单击图层的缩略图时，鼠标指针变为形状，表示将图层作为选区载入。只有按住<Ctrl>键或<Shift>键单击图层的名称或右侧空白区域，鼠标指针变为形状时才表示选择图层。

二、修改图层名称

修改图层的名称有以下两种方法。

- 在图层的名称上双击，即可直接修改图层的名称。
- 在图层上单击鼠标右键，在弹出的快捷菜单中选择【图层属性】命令，即可在弹出的【图层属性】对话框中修改图层的名称。

三、新建图层

新建图层有以下两种方法。

(1) 单击【图层】调板上的【创建新图层】按钮 ，可以在当前层的上方添加一个新图层，新添加的图层为普通层。如果要在当前图层的下方新建图层，可以按住<Ctrl>键单击 按钮，但背景图层下面不能创建新图层。

(2) 选择菜单栏中的【图层】/【新建】命令，弹出如图3-4所示的【新建】子菜单。当选择【图层】命令时，将弹出如图3-5所示的【新建图层】对话框。在此对话框中，可以对新建图层的名称、颜色、模式和不透明度进行设置。

图3-4 【新建】子菜单　　　　　　　　　　图3-5 【新建图层】对话框

 如果在【新建图层】对话框中勾选了【使用前一图层创建剪贴蒙版】复选框，则会将新创建的图层与其下的图层组成一个图层剪贴组。

四、调整图层堆叠位置

常用的调整图层堆叠位置的方法有以下两种。

(1) 在【图层】调板中，在要移动的图层上按住鼠标左键不放，当鼠标指针显示为 形状时，拖曳至目的位置释放鼠标左键即可。

 拖曳图层时，要将被调整的图层拖曳至图层的边线上，而不要与其他图层重叠，否则不能成功完成位置的调整。另外，背景层是不可移动的，所以无法将其他图层调整至背景层之下。

(2) 选中要移动的图层后，选择【图层】/【排列】命令，再在弹出的子菜单中选择适当的命令，即可将被选择的图层移动至相应的位置，如图3-6所示。如果当前图像中包含背景层，那么选择【置为底层】命令实际上是将当前图层移动至背景层的上一层，而不是真正的最底层。当选择多个图层后，【反向】命令才可用，该命令将所选图层次序反向。

五、复制图层

常用的复制图层的方法有以下4种。

(1) 拖曳要复制的图层至【创建新图层】按钮 上，然后释放鼠标左键，即可在被复制的图层上方复制一个新图层。

(2) 在要复制的图层上单击鼠标右键（不要在缩览图上单击，否则弹出的快捷菜单不相同），然后在弹出的快捷菜单中选择【复制图层】命令，弹出如图3-7所示的【复制图层】对话框。

图3-6 【排列】子菜单

图3-7 【复制图层】对话框

(3) 选中要复制的图层后，选择【图层】/【复制图层】命令，弹出的【复制图层】对话框与图3-7所示的对话框相同，功能也完全相同。

(4) 图层可以在当前文件中复制，也可以将当前文件的图层复制到其他打开的文件或新建文件中。将鼠标指针放置在要复制的图层上，按下鼠标左键向要复制的文件中拖曳，释放鼠标左键后，选择图层中的图像即被复制到另一个文件中。

六、删除图层

常用的删除图层的方法有以下3种。

(1) 选择要删除的图层后，单击【图层】调板下方的【删除图层】按钮 ，在弹出的提示对话框内单击 是(Y) 按钮，即可将该图层删除。

(2) 直接拖曳要删除图层至【删除图层】按钮 上，可以直接删除该图层而不弹出提示框。

(3) 选择要删除的图层后，选择菜单栏中的【图层】/【删除】命令，在弹出的子菜单中有以下两个命令。

- 【图层】命令：将当前选择的图层删除。
- 【隐藏图层】命令：将当前图像文件中的所有隐藏图层全部删除。这一命令一般用于当图像制作完毕后，将一些不需要的图层进行删除。

七、合并图层

在制作复杂的实例时，可以将不需要再进行调整的多个图层合并，以方便后面的操作，更可以让文件结构清晰。常用的合并图层的方法有以下两种。

(1) 合并图层的菜单命令包括【合并图层】、【合并可见图层】和【拼合图像】。在【图层】菜单中选择相应的命令，即可在不同情况下合并图层。

(2) 在【图层】调板中要合并的图层上单击鼠标右键，在弹出的右键菜单中也有合并图层的命令，用法和菜单命令相同，这里不再赘述。

八、对齐图层

在制作图像的过程中，经常需要将几个图层向左、向右、向上、向下或居中对齐。Photoshop CS5中提供了方便的对齐图层功能。

(1) 对齐多个图层。

同时选中了多个图层后，选择【图层】/【对齐】命令，弹出如图3-8所示的子菜单。选择相应的命令，即可快速对齐所选择的图层。这些对齐方式十分明确，且每个命令左侧都有小图标注明，这里就不再详细介绍。

图3-8 【对齐】子菜单

(2) 对齐链接图层。

当【图层】调板中有链接图层时，选择链接图层中的某个图层后，利用【图层】/【对齐】命令，也可以对齐图层。

 对齐链接图层时，当前选择的图层会作为基准，即该图层中的图像不动，其他图层与该图层对齐。

(3) 将图层与选区对齐。

当图像中存在选区时，可以将当前图层与选区对齐。在【图层】调板中选中要向选区对齐的图层后，选择【图层】/【将图层与选区对齐】命令，再在弹出的子菜单中选择所需的命令，即可将当前图层与选区按要求对齐。

九、分布图层

在制作图像的过程中，经常需要将几个图层进行平均分布，例如制作一排间距相等的栅栏等。Photoshop CS5提供了平均分布图层的命令。

要使用平均分布图层的命令，有两个必要条件，一是必须有两个以上的图层；二是这些图层必须全部是链接图层。在进行分布前，先选择两个图层，将它们移动到分布的起点和终点位置，然后将所有要平均分布的图层链接，最后选择【图层】/【分布】命令，将各层平均分布。

3.1.3 【移动】工具

要想调整各图层图像间的相对位置，必须要用到工具箱中的【移动】工具 ▶⊹。▶⊹工具主要用来将某些特定的图像进行移动、复制，这一操作可以在同一幅图像中进行，也可以在不同的图像间进行。利用▶⊹工具还可以方便地对链接图层进行对齐、平均分布以及对图像进行变形操作。

在工具箱中选中▶⊹工具（快捷键为<V>键）后，选项栏如图3-9所示。

▶⊹ ▾ | □自动选择: 组 ▾ | □显示变换控件 | ⫟ ⊹ ⊥ | ⊫ ⊹ ⊣ | 굠 ᄒ 믐 | ꜔꜔꜕꜖ | ꜗꜘ

图3-9 ▶⊹工具选项栏

▶⊹工具选项栏中选项的功能大致可以分为3部分，即自动选择要移动的图层或组、自由变形、对齐和分布图层。本节中将分别对其进行介绍。

一、自动选择图层

□自动选择: 组 ▾ 下拉列表中有两个选项。

勾选该复选框，并在下拉列表中选择【图层】选项，则可以利用▶⊹工具在图像中通过单击，自动选择鼠标指针所在位置上第一个有可见像素的图层，并进行变换。

勾选该复选框，并在下拉列表中选择【组】选项，可以通过单击选择成组图层中的某一个图层中的像素来选择成组图层。在变换时，会对该成组图层中的所有图层产生作用。

二、利用【移动】工具对图像进行变形修改

在使用Photoshop CS5时，经常需要对一些图像的大小和角度进行调整，即对图像进行变形修改。利用 工具就可以对图像进行变形修改。

 <Ctrl>+<T>组合键是自由变换命令的快捷键。选择【编辑】/【自由变换】命令，也可以对图像进行自由变换。选择【编辑】/【变换】/【再次】命令，可以重复上一次的变形操作。这里指的上一次变形，可以利用 工具进行，也可以利用菜单命令进行。

1. 利用 工具对图像进行自由变形。

在图像窗口中选择要进行变形的图像，或者当前图层不是背景层时，选择工具箱中的 工具，在选项栏中勾选 □ 显示变换控件 复选框，图像中会出现一个如图3-10所示的【变换控件】框。【变换控件】框内的范围就是当前可以利用 工具进行操作的部分。

图3-10 变换控件

【变换控件】框4条边上的小矩形称为调节点，虚连线称为边线，中间的◇图标为参考点。将鼠标指针移动到【变换控件】框的调节点或边线上单击，当【变换控件】框显示为实线框时，可对框内的图像进行变形修改。

(1) 设置参考点的位置。

- 参考点是变形的基准，在图像窗口中直接拖曳【变换控件】框内的◇图标，可以调整参考点至需要的位置。
- 按住<Shift>键的同时拖曳鼠标指针，可以在水平或垂直方向上移动参考点。

(2) 缩放。

- 将鼠标指针移动至【变换控件】框的调节点上，鼠标指针变为 或 形状时，可以通过拖曳鼠标指针对图像进行任意缩放变形。
- 将鼠标指针移动至【变换控件】框的边线上，鼠标指针变为 或 形状时，可以通过拖曳鼠标指针对图像进行水平或垂直缩放变形。
- 按住<Alt>键，将鼠标指针移动至【变换控件】框的调节点上拖曳，图像以参考点为基准对称缩放。
- 按住<Shift>键，将鼠标指针移动至【变换控件】框4个角的调节点上拖曳，可以对图像进行等比例缩放。

(3) 旋转。

- 将鼠标指针移动至【变换控件】框的调节点或边线上，当鼠标指针显示为 或 形状时拖曳，图像以参考点为中心进行旋转。
- 按住<Shift>键，将鼠标指针移动至【变换控件】框的边线上，当鼠标指针显示为 或 形状时拖曳。此时图像将以参考点为中心，按15°的增量进行旋转。

(4) 斜切（调节点只能在水平或垂直方向上移动）。

- 按住<Ctrl>+<Shift>组合键，将鼠标指针移动至【变换控件】框中的调节点上，鼠标

指针显示为 ▶ 形状时，可以对图像进行拉伸。将鼠标指针移动至【变换控件】框中的边线上，鼠标指针显示为 ▶↔ 或 ↕ 形状时，可以对图像进行倾斜变形。

(5) 扭曲（调节点可以任意移动位置）。

- 按住<Ctrl>键调整【变换控件】框中的调节点，可以对图像进行扭曲变形。

(6) 透视（调节点的位置对称变化）。

- 按住<Ctrl>+<Alt>+<Shift>组合键调整【变换控件】框中的调节点，可以使图像产生透视效果。

2. 利用 ▶⊕ 工具对图像进行精确变形。

选择工具箱中的 ▶⊕ 工具，并勾选属性栏中的 □显示变换控件 复选框，在图像中显示【变换控件】框。将鼠标指针移动至【变换控件】框的调节点或边线上单击，当【变换控件】框显示为实线框时，选项栏中的内容如图3-11所示。

| ▒▒ | ▒▒ | X: 273.00 px | △ Y: 212.00 px | W: 100.00% | 🔗 H: 100.00% | ⌂ 0.00 度 | H: 0.00 度 | V: 0.00 度 | | 🔩 | ⊘ ✓ |

图3-11 变形选项栏

该选项栏中各选项的功能如下。

- 【参考点位置】▒▒：此图标中的黑点表示当前图像中参考点的位置。
- 【设置参考点的水平和垂直位置】 X: 273.00 px △ Y: 212.00 px ：修改其【X】、【Y】的数值，可以精确定位调节中心的坐标，其单位是px。
- 【设置水平和垂直缩放比例】 W: 100.00% 🔗 H: 100.00% ：修改【W】、【H】的数值，可以精确地对图像在水平和垂直方向上进行缩放。
- 【保持长宽比】按钮 🔗：激活该按钮，锁定水平缩放和垂直缩放使用相同的缩放比例，即使图像为等比缩放。
- 【旋转】 ⌂ 0.00 度 ：在此文本框中输入数值，控制图像旋转的角度。
- 【设置水平和垂直斜切】 H: 0.00 度 V: 0.00 度 ：修改【H】、【V】的数值，可以控制图像在水平和垂直方向上倾斜的角度。
- 【在自由变换和变形模式之间切换】按钮 🔩：激活此按钮，工具选项栏将变成如图3-12所示的状态。

| ▒▒ | ▒▒ | 变形: | 自定 ∨ | 🔩 弯曲 0.0 | H: 0.0 | V: 0.0 | | 🔩 | ⊘ ✓ |

图3-12 工具选项栏状态

- 变形: 自定 ∨ ：默认为【自定】选项，此时变换控件将切换显示为自由变换控件，如图3-13左图所示。拖曳自由变换控件的节点、手柄或连线，可以对图像进行自由变换。在 变形: 自定 ∨ 下拉列表中，各选项及其相应的效果如图3-14所示。

图3-13 自由变换控件

图3-14 各种变形效果

- 【取消变换】按钮🚫：单击该按钮，取消对图像的变形操作。也可以按<Esc>键取消。

- 【进行变换】按钮✔：单击该按钮，确认对图像进行变换操作。确认变换操作的方式还有两种，一种是在【变换控件】中双击；另一种是按<Enter>键。

三、利用【移动】工具对图层进行对齐或分布

除了前面介绍的利用菜单命令对图层进行对齐和分布外，在 ▶✢ 工具的工具选项栏中利用 ⏛⏛⏛ ⏛⏛⏛ ⏛ 按钮组也可以对齐和分布图层。

（1）对齐图层。

选择多个图层，或者选择链接图层中的某个图层后，可以利用 ⏛⏛⏛ ⏛⏛⏛ 按钮组对齐图层。这6个对齐图层的按钮功能与菜单栏中的【图层】/【对齐】命令中的子菜单命令功能相同，分别为【顶对齐】、【垂直居中对齐】、【底对齐】、【左对齐】、【水平居中对齐】和【右对齐】。

（2）分布图层。

选择两个以上的图层或者选择链接图层中的某个图层后，可以利用 ⏛⏛⏛ ⏛⏛⏛ 按钮组分布图层。这6个平均分布图层的按钮功能与菜单栏中的【图层】/【分布】命令中的子菜单命令功能相同，分别为【按顶分布】、【垂直居中分布】、【按底分布】、【按左分布】、【水平居中分布】和【按右分布】。

3.2 范例解析——卡通书签制作

在本节的案例中，将要学习制作一个独特的卡通书签，读者可以制作自己喜爱的卡通角色。制作书签的过程中，不仅会学到选区的选择与编辑、图层的基本操作等命令，而且还会涉及一些调整图像尺寸等方面的知识以及简单的手工操作。卡通书签的最终应用效果如图3-15所示。

图3-15 卡通书签的最终应用效果

首先选择合适的图片素材。

1. 打开本书配套资源中"Map"目录下的"卡通书签制作素材.jpg"文件，这是一幅作者自己绘制的壁纸，图片大小为1600×1200像素。

2. 选择【文件】/【存储为】命令，在弹出的【存储为】对话框中将该文件命名为"卡通书签.psd"保存，如图3-16所示。

图3-16 【存储为】对话框

下面借助【选区】工具构建书签的外轮廓。

3. 选择 ◯ 工具，建立如图3-17所示的圆形选区。选择【选择】/【变换选区】命令，可以改变选区的大小与位置。

图3-17 建立圆形选区

4. 选择 □ 工具，然后按下<Shift>键，此时鼠标十字指针右下角将出现一个 ┼ 图标，表示此时创建的矩形选区将与圆形选区合并，完成的选区效果如图3-18所示。

5. 将选区内所选择的图像部分作为单独的图层复制出来，图层调板里将出现一个新图层，可以将该图层命名为"书签轮廓"以示区别。单击"背景"图层左边的 ◉ 图标，通过取消背景图层的可见性，可以得到如图3-19所示的效果。

图3-18 合并选区

图3-19 得到的图层效果

6. 确保"书签轮廓"图层处于被选择状态，使用 工具建立如图3-20所示的矩形选区，选择【编辑】/【自由变换】命令，或通过调节长度方向上的控制点将书签的后部适当拉长一些，如图3-21所示。

7. 完成变换后，在变换区域内双击确认。先不要取消选区，在【图层】调板中新建一个名为"标签"的图层，并使该图层位于"书签轮廓"图层之上。

8. 单击工具箱中的【设置前景色】色块，在弹出的【拾色器】对话框中设置颜色为深灰色（R:29,G:39,B:39），再按<Alt>+<Delete>组合键用前景色填充所选择的区域，如图3-22所示。

图3-20 建立矩形选区

图3-21 应用【自由变换】命令变换选区

图3-22 使用前景色填充选区

9. 在【图层】调板中双击"书签轮廓"图层，在弹出的【图层样式】对话框中勾选【描边】复选框，设置【描边】的参数，如图3-23所示，其中颜色采用与"标签"图层相同的深灰色。最后得到如图3-24所示的效果。

图3-23 【描边】参数设置

图3-24 完成的描边效果

至此，卡通书签的雏形已经展现出来，下面再来为其添加一些细节。

10. 选择 T 工具，输入如图3-25所示的"MY BOOKMARK"。选中所输入的文本，再按<Ctrl>+<T>组合键调出【字符】调板，将字号设置为53.4点、字体为Stencil Std加粗。

11. 借助【自由变换】命令或选择【编辑】/【变换】/【旋转90度（逆时针）】命令，将文本内容变换到如图3-26所示的位置。

12. 为了便于在主题书签上穿绳，新建一个名为"孔"的图层，并确保该图层位于所有图层的最上端。选择 ◯ 工具，建立如图3-27所示的圆形选区，并将其填充为白色。

图3-25 添加文本内容　　　　　　　图3-26 改变文本的方向与位置　　　　图3-27 建立的圆形选区

13. 按下<Shift>键，在【图层】调板中选择"孔"图层和"MY BOOKMARK"文本图层，如图3-28所示。

14. 选择 ▶+ 工具，并选择选项栏中如图3-29所示的【对齐】选项，使两图层的内容在竖直方向上居中对齐。

15. 在素材图像上还有一个"老虎工作室"的标志颇具特色，先借助工具箱中的 ❊ 工具将标志周围的白背景选择出来，如图3-30所示。注意要将 ❊ 工具选项栏中的【容差】值设为"32"。

图3-28 选中图层　　　　　　　　图3-29 【对齐】选项　　　　图3-30 应用【魔棒】工具选择白色背景区域

16. 选择【选择】/【反选】命令，将标志部分的图像轮廓转化为选区。

17. 选择【图层】/【新建】/【通过拷贝的图层】命令或按<Ctrl>+<J>组合键，将所选择的图像作为图层单独提取出来，然后将其命名为"标志"，如图3-31所示。

18. 通过【自由变换】命令、▶+ 工具及其【对齐】选项，将标志调整至如图3-32所示的状态，至此便完成了卡通书签的图像编辑工作。

下面进行简单的印前编辑。这里主要是根据输出幅面的大小来确定卡通书签的尺寸，避免因尺寸不明而引起不必要的麻烦。

19. 利用【图层】调板上的 🗑 按钮，将与卡通标签不相关的图层删除。然后在所有图层的最下面新建一个名为"背景"的新图层，选择【编辑】/【填充】命令，弹出【填充】对话框，最终效果如图3-33所示。

图3-31 通过复制得到的"标志"图层　　　图3-32 调整"标志"的形态与位置　　　图3-33 填充之后的效果

20. 将完成的"卡通书签"文件存储，再选择【文件】/【存储为】命令，将其命名为"卡通书签初稿.jpg"另存，参数采用默认值。

21. 选择【文件】/【新建】命令，新建一个名为"卡通书签输出稿"的文件，其他参数的设置如图3-34所示。

22. 利用工具箱中的 ▨ 工具、▸▾ 工具和【选择】/【反选】命令，将卡通书签复制至新建的图像文件当中，如图3-35所示。

本例要求在A4纸上输出的卡通书签的长度为14cm，因此有必要提前调整好尺寸。

23. 选择【视图】/【标尺】命令，打开标尺，同时确保【视图】/【锁定参考线】命令没有被勾选，最后选择【视图】/【打印尺寸】命令，此时工作区域所显示的视图大小便是实际输出的图像大小，在下面的步骤中不要再进行任何改变视图大小的操作。

24. 读者从视图左上方的标尺中可以拖曳出参考线，以帮助度量，如图3-36所示。

图3-34 【新建】对话框

图3-35 复制"卡通书签"部分的图像

25. 读者也可以选择【度量】工具 ▭ ，通过选择定点和拖曳鼠标指针进行度量工作，如图3-37所示。

图3-36 使用参考线配合标尺进行测量

图3-37 使用【度量】工具进行测量

26. 在横向标尺上2cm处放置第一根参考线，然后在16cm处放置第二根参考线，这样便确定好了宽度为14cm的区域，如图3-38所示。

27. 确保【视图】/【对齐到】/【参考线】命令处于勾选状态，将卡通书签的一端与2cm处的标尺对齐，【视图】/【对齐到】命令会自动将其吸附到参考线上。然后借助【自由变换】命令将卡通书签以14cm长度为基准等比缩放，如图3-39所示。这样便得到了所需要的结果。

上文所介绍的图像尺寸界定的方法看似烦琐，其实还是比较简单的。读者要熟练掌握其操作方法，在实际工作中这一命令使用频率非常高。

图3-38 确定输出长度   图3-39 使用【自由变换】命令依据尺寸等比缩放

28. 用于输出的书签图像效果如图3-40所示。将该图像存储为JPEG格式就可以输出了。

    下面进行裁剪卡通书签的操作。

29. 输出后的稿件如图3-41所示。将卡通书签沿着轮廓线裁剪下来，如图3-42所示。

图3-40 用于输出的主题书签图像效果   图3-41 输出后的稿件

30. 倘若纸张厚度不足的话，可以将其粘贴至同样形状的厚卡纸上，然后穿上绳子，如图 3-43所示。至此，一个精美的卡通书签便制作完成了。

图3-42 裁剪图稿   图3-43 穿上绳子

3.3 课堂实训——海报制作

　　下面通过课堂实训再来巩固一下本次课程所学的知识，加强练习如何利用选区创建及编辑工具和图层的基本操作绘制及处理图像，创作出更多具有创意的图案。

　　本次实训将学习利用【图层】调板与相关基本命令来制作一张校园活动的海报，最终效果如图3-44所示。希望大家通过本次实训掌握并熟练图层的移动、复制及编组等基本操作。

　　该练习制作流程示意图如图3-45所示。

图3-44 海报最终效果

图3-45 制作流程示意图

【操作步骤提示】

1. 新建一个名为"海报制作"的图像文件，设置参数如图3-45左上角所示。

2. 将本书配套资源"Map"目录下的"海报制作素材01.jpg"文件导入，并调整为铺满画布显示，将其所在图层命名为"底图"。

3. 选择【滤镜】/【模糊】/【高斯模糊】命令，使"底图"图层出现景深效果。

4. 打开本书配套资源"Map"目录下的"海报制作素材02.jpg"文件，利用工具箱中的 工具、【选择】/【反选】命令和 工具，将花的图案导入至"海报制作"图像文件当中，调整大小和位置，然后将图层命名为"花"。

5. 新建一个图层组，将其命名为"遮罩"，在此图层中新建一个名为"方块"的图层。

6. 选择【视图】/【显示】/【智能参考线】命令，按住<Alt>键，使用【移动】工具拖动复制多个图层，调整该组中各个图层的透明度，得到具有韵律感的图层遮罩。

7. 使用【文字】工具添加文字，注意配合变化工具调整位置及大小等。

8. 选择【文件】/【存储】命令，保存文件。

3.4 综合案例——立体书效果制作

本节将结合选区创建、图层操作等知识制作一本书籍的立体效果，通过此综合案例，使读者重点掌握图层操作及变换工具的使用。最终效果如图3-46所示。

图3-46 立体书制作最终效果

该练习制作流程示意图如图3-47所示。

图3-47 制作流程示意图

【操作步骤提示】

首先来制作书的平面效果，如图3-48所示。

1. 选择【文件】/【新建】命令，弹出【新建】对话框，设置的参数如图3-49所示。选择
【文件】/【存储为】命令，将该文件存储为"封面.psd"文件。

图3-48 立体书平面图 　　　　　　　　　　图3-49 【新建】对话框

2. 按<Ctrl>+<R>组合键打开标尺，从竖直标尺拖出参考线到合适位置，用来分割封面、书脊和封底，如图3-50所示。

3. 打开本书配套资源"Map"目录下的"立体书制作素材1.jpg"文件，选择 工具或按<V>键，然后将素材图像拖动至"封面.psd"文件中，并调整其大小及位置，如图3-51所示。

图3-50 调整辅助线 　　　　　　　　　　图3-51 拖动素材图片至文件

4. 选择 T 工具，在合适位置输入文字，调整好文字大小及颜色后，按<Ctrl>+<Enter>组合键确认输入。利用 工具拖动鼠标指针，调整文字位置，再按住<Alt>键将文字图层复制几份，使用【变换】工具旋转及缩放，并调整至如图3-52所示的效果。

5. 执行【图层】/【合并可见图层】命令，将所有图层进行拼合。

6. 选择【文件】/【新建】命令，弹出【新建】对话框，设置的参数如图3-53所示。选择【文件】/【存储为】命令，将该文件存储为"立体书.psd"文件。

图3-52 输入文字效果 　　　　　　　　　　图3-53 新建文件

7. 将前景色设置为黑色，按<Alt>+<Delete>组合键，将背景图层填充为黑色。

8. 切换至刚才保存的"封面.psd"文件，利用 工具选择右侧区域，如图3-54所示。

9. 利用 工具将选中区域拖动至"立体书.psd"文件中，并将图层命名为"封面"，使用同样方法将书脊部分也拖动至该文件中，将图层命名为"书脊"。效果如图3-55所示。

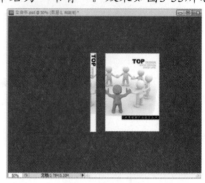

图3-54 选择图像右侧区域   图3-55 拖动至文件

10. 选中"封面"图层，按<Ctrl>+<T>组合键对此图层进行变换，单击鼠标右键，在弹出的菜单中选择【扭曲】命令，用鼠标拖动控点调整图层形状做出书的透视效果。调整后的效果如图3-56所示。

这一步很重要，如果透视不对的话，最后作出的立体书会非常不自然。读者可以打开本书配套资源中的最终效果图进行对比调整。

11. 同样使用【变换】命令将"书脊"图层进行变换，变换过程中可单击鼠标右键，在弹出的快捷菜单中选择不同的变换方式配合使用，效果如图3-57所示。

图3-56 封面图层变换效果   图3-57 书脊图层变换效果

在使用【变换】命令时，一定要注意最好一次变换完成，因为【变换】工具在对非竖直长方形图像变换时，总会以最外点重新生成矩形变换界定框，不好参考原图的效果。

12. 在【图层】调板中选择"封面"图层，按<Ctrl>+<J>组合键将其复制为副本层，将副本图层命名为"背面"，并拖动至"背景"图层上方。

13. 按住<Ctrl>键并单击"背面"图层缩略图，将其载入选区。按住<Alt>+<Ctrl>组合键分别单击"封面"和"书脊"图层的缩略图，剪掉选区，得到如图3-58所示的选区。

14. 选择 工具，按住<Shift>键添加选区，得到立体书的内页形状。使用键盘上的方向键将选区下移两个像素。在"背面"图层上方新建一个"内页"图层，并为其填充为灰蓝色（R:194 G:203 B:208），效果如图3-59所示。

图3-58 剪裁选区

图3-59 绘制内页并填充颜色

15. 在【图层】调板中选择"书脊"图层，按<Ctrl>+<U>组合键打开【色相/饱和度】对话框，降低图层的明度，以表现较强的光感。

下面来制作书的折痕。

16. 使用选框工具做出宽度约为"2 px"的竖直选区，按<Ctrl>+<Shift>+<Alt>组合键，并单击"封面"图层缩略图，与选区交叉，得到如图3-60所示的选区。

17. 新建一个图层并在选区内填充灰色，给图层添加"斜面"和"浮雕"样式，参数保持默认。这样，一本立体书就制作完成了，效果如图3-61所示。

图3-60 绘制选区

图3-61 制作折痕效果

18. 为了使立体书的效果更加真实，读者还可以运用本书第2讲"制作个性签名图片"实例中讲到的方法为立体书添加倒影效果，最后将背景设置为黑色，最终效果如图3-62所示。

3.5 课后作业

使用本书配套资源中提供的素材，创建一幅效果如图3-63所示的拼贴图像，操作时请参照本书配套资源"课后作业"目录下的"创意拼图.psd"文件。

图3-62 最终效果

图3-63 拼贴图像最终效果

该练习制作流程示意图如图3-64所示。

1. 新建文件   2. 绘制方块   3. 选区剪裁

6. 垂直复制图层   5. 水平复制图层   4. 复制并变换

7. 导入素材文件   8. 去色处理   9. 添加图层特效

图3-64 制作流程示意图

【操作步骤提示】

(1) 新建一个名为"创意拼图.psd"的图像文件,设置的参数如图3-64左上角所示。

(2) 绘制一个正方形选区,填充颜色。

(3) 配合使用选区工具剪裁出拼图块图形。将图形复制并变换到左上角位置,合并图层。

(4) 打开智能辅助线,将图层复制、移动铺满画布,合并图层。

(5) 打开本书配套资源"Map"目录下的"创意拼图素材.jpg"文件,导入素材图像,并调整图层顺序。

(6) 将"拼图块"图层去色处理,并调整该图层亮度、对比度。

(7) 选择图层混合模式为【变暗】模式。

(8) 选择【文件】/【存储】命令,保存文件。

第4讲
路径和矢量图形工具的应用

本次课程将学习Photoshop CS5中路径和矢量图形工具的应用。使用路径工具可以精确、轻松地控制图像的形状，创建指定的图形效果，因此在制作各种标志或手绘图像时被广泛应用，也常用于制作一些有规则的图像。矢量图形工具可以使用户直接在图像中创建各种预存的图形。矢量图形工具与路径也是紧密结合的，使用矢量图形工具创建形状时，可以同时创建与之相同的路径，而通过修改路径，也可以改变当前形状。将路径和矢量图形工具结合使用，可以创造出许多优美的图形。

【本讲课时】

本讲课时为4小时。

【教学目标】

● 学习路径的构成。

● 学习【钢笔】与【自由钢笔】工具的使用方法。

● 学习路径编辑与选择工具的使用方法。

● 掌握【路径】面板的用法。

● 掌握矢量图形工具的用法。

4.1 功能讲解

要想创建出色的图形图像，熟练掌握路径的绘制与编辑工具就显得尤为重要。在本讲中，将对路径的构成及相关工具进行介绍，希望读者认真学习并且熟练掌握，为后续的练习及实际应用打好基础。

4.1.1 路径构成

路径是由多个锚点组成的矢量线条，它并不是图像中真实的像素，而只是一种绘图的依据。利用Photoshop CS5所提供的路径创建及编辑工具，可以编辑制作出各种形态的路径。路径一般用于对图案的描边、填充及与选区间的转换等，其精确度高，便于调整，常使用路径功能来创建一些特殊形状的图像效果。图4-1所示为路径构成说明图，其中平滑点和角点都属于路径的锚点。

图4-1 路径构成说明

(1) 锚点。

路径上有一些矩形的小点，称之为锚点。锚点标记路径上线段的端点，通过调整锚点的位置和形态可以对路径进行各种变形调整。

(2) 平滑点和角点。

路径中的锚点有两种，一种是平滑点，一种是角点，如图4-1所示。平滑点两侧的调节柄在一条直线上，而角点两侧的调节柄不在一直线上。直线组成的路径没有调节柄，但也属于角点。

(3) 调节柄和控制点。

当平滑点被选择时，其两侧各有一条调节柄，调节柄两边的端点为控制点，移动控制点的位置可以调整平滑点两侧曲线的形态。

(4) 工作路径和子路径。

路径的全称是工作路径，一个工作路径可以由一个或多个子路径构成。在图像中每一次使用【钢笔】工具 或【自由钢笔】工具 创建的路径都是一个子路径。在完成所有子路径后，可以再利用选项栏中的选项将创建的子路径组成新的工作路径。图4-2所示的就是一个工作路径，其中四边形路径、三角形路径和曲线路径都是子路径，它们共同构成了一个工作路径。同一个工作路径的子路径间可以进行计算、对齐、分布等操作。

图4-2 子路径

Photoshop CS5提供的创建及编辑路径的工具有两组。

- 一组是钢笔工具，包括【钢笔】工具 、【自由钢笔】工具 、【添加锚点】工具 、【删除锚点】工具 和【转换点】工具 ，这组工具主要用于对路径进行创建和编辑修改。

- 另一组是路径选择工具，包括【路径选择】工具 和【直接选择】工具 。这组工具主要用于对路径和路径上的控制点进行选择，并进行编辑。

【钢笔】工具 和【自由钢笔】工具 的快捷键为<P>键。【路径选择】工具 和【直接选择】工具 的快捷键为<A>键。

4.1.2 【钢笔】工具

【钢笔】工具 主要用于在图像中创建工作路径或形状，本节先来学习【钢笔】工具
的使用方法和功能。

一、【钢笔】工具的基本操作

首先在工具箱中选择 工具，创建路径的基本操作有如下几种。

(1) 选择 工具，鼠标指针显示为 形状，在图像中移动鼠标指针至需要的位置连续单击，即可创建由线段构成的路径，如图4-3所示。

 按住<Shift>键，可以将创建路径线段的角度限制为45°的倍数。

(2) 在图像中移动鼠标指针至需要的位置单击并拖曳，调整路径形态到需要的状态后释放鼠标左键，即可创建描点为平滑点的曲线路径，如图4-4所示。

图4-3 创建由线段构成的路径

图4-4 创建曲线路径

(3) 当拖曳出调节柄后，按住<Alt>键再进行拖曳，即可创建锚点为角点的曲线路径，如图4-5所示。继续绘制曲线，如图4-6所示。

图4-5 有角点的路径

图4-6 继续绘制的曲线路径

(4) 创建了一段路径后，将鼠标指针移动至创建起点，当鼠标指针变为 形状时，单击即可闭合路径。

 创建了一段路径后，在未闭合路径前按住<Ctrl>键，再在图像中任意位置单击，可以终止路径的创建，生成不闭合路径。

二、【钢笔】工具的选项栏

在工具箱中选择 工具后，其选项栏状态如图4-7所示，各项功能介绍如下。

图4-7 工具选项栏

- 【形状图层】按钮 ：在图像中可同时创建形状与路径，创建的图形和【图层】调板如图4-8所示。
- 【路径】按钮 ：单击该按钮，在图像中只创建新的工作路径，并将路径保存在【路径】调板中。创建的路径和【路径】调板如图4-9所示。

图4-8　同时创建形状与路径　　　　　　　　　　图4-9　创建普通路径

- 【填充像素】按钮 □：在使用钢笔工具时，该按钮处于不可用状态。该选项栏是钢笔工具与形状工具共用的，只有在使用形状工具时该按钮才可用。

- ：该按钮组罗列了所有的路径绘制工具，包括钢笔工具和形状工具，在这里可以直接切换路径绘制工具，不必再回到工具箱中切换。

- 勾选 □自动添加/删除 复选项，则可以直接利用 工具在路径上单击线添加锚点或单击锚点将其删除。

- 只有在选择 按钮时， 按钮组才处于可用状态，但 □ 按钮被隐藏，此时可以对同一个工作路径中的子路径进行计算。

4.1.3 【自由钢笔】工具

使用【自由钢笔】工具 可以创建形态较随意的不规则曲线路径。它的优点是操作较简便；缺点是不够精确，而且经常会产生过多的锚点。

一、【自由钢笔】工具的基本操作

(1) 在工具箱中选择 工具，在图像中拖曳鼠标指针，沿鼠标指针拖过的轨迹自动生成路径。如果将鼠标指针移动至起点，当鼠标指针显示为 形状时，单击即可闭合路径。

(2) 选择 工具，在图像中拖曳鼠标指针，在未闭合路径前，按住<Ctrl>键后再释放鼠标，可以直接在当前位置至路径起点生成直线线段闭合路径。

二、【自由钢笔】工具的选项栏

工具和 工具的选项栏基本相似，这里不再详细介绍。

选择工具箱中的 工具，再选择【路径】按钮 ，选项栏如图4-10所示。此时只显示【钢笔】工具的选项，而不显示形状工具的选项。

图4-10　工具选项栏

4.1.4 【添加锚点】工具与【删除锚点】工具

如果没有在 工具的选项栏中勾选【自动添加/删除】复选项，用户则可以选择【添加锚点】工具 ，在路径上单击添加锚点。选择【删除锚点】工具 ，在锚点上单击可以将其删除。

4.1.5 【转换点】工具

路径上的锚点有两种类型，即角点和平滑点，二者可以相互转换。选择【转换点】工具，单击路径上的平滑点可将其转换为角点；拖曳路径上的角点，可将其转换为平滑点。

4.1.6 【路径选择】工具与【直接选择】工具

一、【路径选择】工具的选项栏与功能

利用【路径选择】工具 ，可以对路径和子路径进行选择、移动、对齐和复制等操作。当子路径上的锚点全部显示为黑色时，表示该子路径被选择。

选择 工具后，其选项栏如图4-11所示，各项功能介绍如下。

图4-11 工具选项栏

- 勾选【显示定界框】复选项，在被选择的路径周围显示变形框，可以对路径进行变形修改。操作方法与对图像进行变形修改的操作基本相同。

 如果当前选择了某一路径或子路径，按<Ctrl>+<T>组合键可以对被选择的路径或子路径进行自由变形。

- 按钮：这4个按钮可以设置子路径间的计算方式，即可以对路径进行添加、减去、相交和反交（保留不相交的路径）的计算。选择两个以上要进行计算的子路径，单击选项栏中的 组合 按钮，可以将被选择的子路径组合为一个新的子路径。

二、【直接选择】工具的功能

【直接选择】工具 没有选项栏，使用 工具可以选择和移动路径、锚点以及平滑点两侧的控制点。使用 工具可以对路径和锚点进行的操作有以下几种。

- 单击子路径上的锚点可以将其选择，被选择的锚点将显示为黑色。
- 在子路径上拖曳鼠标指针，鼠标指针拖曳范围内的锚点可以同时被选择。
- 按住<Shift>键，可以选择多个锚点。
- 按住<Alt>键单击子路径，可以选择整个子路径。
- 在图像中拖曳两个锚点间的一段路径可以直接调整这一段路径的形态和位置。
- 在图像窗口中拖曳被选择的锚点可以移动该锚点的位置。
- 拖曳平滑点两侧的控制点，可以改变其两侧曲线的形态。
- 按住<Ctrl>键，在图像窗口中选择路径，则 工具将被切换为 工具。

4.1.7 【路径】调板

前面讲过路径不是图像中的真实像素，而只是一种绘图的依据。对路径描边和填充是在【路径】调板中进行的，【路径】调板的构成及其下方按钮的功能介绍如图4-12所示。

图4-12 【路径】调板

在【路径】调板中除了可以描边和填充路径外，还可以对路径进行新建、复制、删除以及与选区装换等操作，这些功能都大大提高了制作路径的灵活性。由于使用路径制作图像和建立选区的精确度较高且便于调整，因此在图像处理中的应用非常广泛。

一、【路径】调板中的基本操作

【路径】调板的结构与【图层】调板有些相似，其部分操作方法也相近，如新建移动堆叠位置、复制及删除等操作。

二、【路径】调板菜单

单击【路径】调板右上角的■按钮，弹出的调板菜单如图4-13所示。

图4-13 【路径】调板菜单

(1) 【新建路径】和【存储路径】命令。对话框如图4-14和图4-15所示。

(2) 【复制路径】命令。

只有在【路径】调板中选择的是已保存的路径时，【复制路径】命令才可用。选择该命令，在弹出对话框的【名称】文本框中设置新复制路径的名称，如图4-16所示，单击 确定 按钮可以将当前路径复制。

图4-14 【新建路径】对话框

图4-15 【存储路径】对话框

图4-16 【复制路径】对话框

(3) 【删除路径】命令。

选择该命令，可以将当前被选择的路径删除。

(4) 【建立工作路径】命令。

只有当图像中存在选区时，【建立工作路径】命令才可用。选择该命令，弹出的对话框如图4-17所示，其中【容差】值用来设置将选区转换为路径的精确程度。

图4-17 【建立工作路径】对话框

(5) 【建立选区】命令。

在图像中选择路径并选择【建立选区】命令，弹出【建立选区】对话框，如图4-18所示。

(6) 【填充路径】命令。

选择要进行填充的路径，并选择【填充路径】命令，弹出的对话框如图4-19所示。

图4-18 【建立选区】对话框

图4-19 【填充路径】对话框

（7）【描边路径】命令。

选择要进行描边的路径，再选择【描边路径】命令，在弹出对话框的【工具】下拉列表中可选择描边所要使用的工具，如图4-20所示。

图4-20 【描边路径】对话框

（8）【剪贴路径】命令。

【剪贴路径】的主要功能是在图像进行打印和输出到Illustrator或InDesign中时，设置图像的透明区域，这一功能在Photoshop中不起作用，所以读者只要大概了解就可以。要作为剪贴路径的路径必须是已经保存的路径。

（9）【面板选项】命令。

选择该命令，可以在弹出的【路径面板选项】对话框中设置缩略图的大小。

三、创建新路径和创建子路径

在图像中新创建的路径实际上是一个未保存的路径，读者可以在【路径】调板中将其保存。一个工作路径可以由一个子路径组成，也可以由多个子路径组成，那么在使用 工具创建路径时，所创建的到底是一个新的工作路径，还是当前路径的一个子路径呢？

（1）当图像中只存在一个未保存的路径时。

- 如果该路径处于隐藏状态，那么在图像中使用 工具可以创建一个新路径，并将原有的路径删除。

- 如果该路径不处于隐藏状态，此时在图像中使用 工具创建路径，相当于继续编辑当前的工作路径，也就是说相当于创建子路径。

（2）当图像中存在一个已保存的路径时。

- 如果该路径处于隐藏状态，那么在图像中使用 工具创建路径，会创建一个新的工作路径，但原路径依然存在。

- 如果该路径不处于隐藏状态，此时在图像中使用 工具创建路径，相当于继续编辑当前的工作路径，也就是说相当于创建子路径。

另外，利用【路径】调板可以直接在【路径】调板中创建新的子路径。

4.1.8 矢量图形工具

矢量图形工具主要包括【矩形】工具、【圆角矩形】工具、【椭圆】工具、【多边形】工具、【直线】工具和【自定形状】工具，它们的使用方法非常简单，在工具箱中选择相应的形状工具后，在图像文件中拖曳鼠标指针，即可绘制出需要的矢量图形。

一、形状工具的基本选项

工具箱中的形状工具如图4-21所示。各个形状工具的选项大致相同，下面以【矩形】工具 为例来介绍形状工具中相同的选项。

在工具箱中选择【矩形】工具 ，选项栏如图4-22所示。

图4-21 形状工具

图4-22 【矩形】工具 选项栏

用户可以在工具箱中选择要使用的形状工具，也可以在形状工具选项栏中直接选择形状工具，其效果是相同的。

【矩形】工具 ▭ 选项栏中的内容与【钢笔】工具相似，重复的内容这里不再详细介绍，下面重点介绍一下不同的选项内容。

- 如果单击选项栏中的 ⑧ 按钮，可以通过单击选项栏中的【颜色】色块修改当前形状的颜色。如果不选择 ⑧ 按钮，则【颜色】色块只影响前景色，而不修改当前形状的颜色。

- 单击 样式: ▱ 按钮，弹出的【样式选项】面板如图4-23所示。在样式面板中可以选择已设定好的图层样式，以使图形显示各种立体效果。

单击【样式选项】面板右上角的 ⊙ 按钮，弹出的菜单如图4-24所示。

图4-23 【样式选项】调板

图4-24 【样式选项】调板菜单

【样式选项】调板菜单中命令的功能非常明确，这里不再详细介绍。

二、形状工具的其他选项

每一种形状工具除了它们共同的基本选项外，还有一些个性选项。本小节分别介绍每一种形状工具的个性选项。

(1) 【矩形】工具选项。

单击 ▭ 按钮，可以在图像中创建矩形效果，此时单击选项栏中 ✿ 右侧的 ▾ 按钮，弹出的【矩形选项】面板如图4-25所示。各选项功能非常明确，这里就不再详细介绍。

(2) 【圆角矩形】工具选项。

单击 ▢ 按钮，可以在图像中创建圆角矩形效果。创建圆角矩形的方法和创建矩形的方法基本相同，但选择 ▢ 按钮时选项栏中会多出一个【半径】值，用于设置圆角半径。

(3) 【椭圆】工具选项。

单击 ⬭ 按钮，可以在图像中创建椭圆效果。单击选项栏中 ✿ 右侧的 ▾ 按钮，弹出的【椭圆选项】面板如图4-26所示。

(4) 【多边形】工具选项。

单击 ⬟ 按钮，选项栏中多出一个【边】选项，可以设置要创建多边形的边数。单击选项栏中 ✿ 右侧的 ▾ 按钮，弹出的【多边形选项】面板如图4-27所示。

图4-25 【矩形选项】面板

图4-26 【椭圆选项】面板

图4-27 【多边形选项】面板

（5）【直线】工具选项。

选择 按钮，可以在图像中创建直线和箭头效果。此时选项栏中有一个【粗细】值，可以设置线宽度。单击选项栏中 右侧的 按钮，弹出的【箭头】面板如图4-28所示。

（6）【自定形状】工具选项。

选择 按钮，可以在图像中创建自定义的形状效果。单击选项栏中 右侧的 按钮，弹出的【自定形状选项】面板如图4-29所示。

图4-28 【箭头】面板

图4-29 【自定形状选项】面板

在选项栏中单击 按钮后，选项栏中多出一个【形状】按钮，单击【形状】按钮，可以在弹出的【形状】面板中选择需要的自定义形状效果。

单击【形状】面板右上角的 按钮，弹出的菜单如图4-30所示。

这一菜单中的命令功能非常明确，这里不再详细介绍了，其中最下面一组命令是Photoshop CS5中提供的形状库，选择【全部】命令，可以将Photoshop CS5中提供的所有形状调入当前的【形状】面板中，如图4-31所示。

图4-30 【形状】面板菜单

图4-31 Photoshop CS5中的所有形状

4.2 范例解析——运用路径和矢量图形工具制作图案

为了巩固所学的知识，下面来讲解如何利用路径和形状工具绘制如图4-32所示的图案。该范例比较典型，读者可以举一反三，创作出更多更有趣的图案。

无论所要绘制的对象有多么复杂，都是由圆形、矩形或线段等基本图形元素构成，因此在进行创作之前，先要对对象进行结构分析。本例中的基本要素是椭圆形，在此基础上进行打断路径及重构路径，根据其对称性进行操作上的简化，最后借助镜像变换完成图形的创建。

1. 选择【文件】/【新建】命令，新建一个文件。选择【椭圆】工具 ● 或按<U>键，绘制如图4-33所示的路径。

2. 选择【路径选择】工具 ▸，再选中绘制好的椭圆路径，按<Ctrl>+<C>组合键复制路径，再按<Ctrl>+<V>组合键粘贴路径。

3. 选择复制后的路径，按<Ctrl>+<T>组合键对路径进行变形，再按住<Alt>键，将复制后的椭圆水平放大一些，变形后的效果如图4-34所示。

4. 选择【添加锚点】工具 ▸，移动鼠标指针到如图4-35所示的位置，在椭圆路径上添加一个锚点。

图4-32　最终效果　　　　　　　图4-33　绘制椭圆图形路径　　　　　　　图4-34　调整复制后的椭圆

5. 以相同的方式在椭圆路径上添加第二个锚点，如图4-36所示。

6. 选择【直接选择】工具 ▸，选择如图4-37所示的锚点。

图4-35　添加锚点　　　　　　　图4-36　添加第二个锚点　　　　　　　图4-37　选择的锚点

7. 按<Delete>键删除选择的锚点，删除后的效果如图4-38所示。

8. 选择【钢笔】工具 ▸，移动鼠标指针到如图4-39所示的锚点处，当鼠标指针变成 ▸ 形状时，单击继续绘制路径。

9. 绘制的路径如图4-40所示，在绘制最后一个锚点时，移动鼠标指针到椭圆路径另一个开放的锚点上，当鼠标指针变成 ▸ 形状时，单击即可闭合路径。

10. 绘制好的路径如图4-41所示。

图4-38　删除描点　　　　图4-39　绘制路径　　　　图4-40　闭合路径　　　　图4-41　绘制完成后的图形

11. 利用【路径选择】工具 ，将所有路径选择，单击工具选项栏中的【重叠形状区域除外】按钮 ，再单击 [组合] 按钮。按<Ctrl>+<Enter>组合键将路径转换为选区，如图4-42所示。

12. 新建"图层1"，将前景色设置为黑色，然后按<Alt>+<Delete>组合键，将选区填充为前景色。效果如图4-43所示。

13. 选择【矩形选框】工具 ，在图像区域中绘制出图4-44所示的矩形选区。

14. 按<Delete>键删除选区内的图像，效果如图4-45所示。

图4-42 将路径转换为选区　　　　图4-43 填充选区　　　　图4-44 创建矩形选区　　　　图4-45 删除选区内容

15. 按住<Shift>+<Alt>组合键，水平复制"图层1"中的图像，自动生成"图层1副本"层。

16. 选中"图层1副本"层，选择【编辑】/【变换路径】/【水平翻转】命令，再单击【图层】调板中的 按钮，锁定透明像素，为图层填充浅灰色（R:130,G:130,B:130），效果如图4-46所示。

17. 按住<Ctrl>键，单击"图层1"的缩略图，将图层作为选区载入。

18. 再按<Ctrl>+<Shift>+<Alt>组合键，单击"图层1副本"的缩略图，得到两图层的相交选区，如图4-47所示。

19. 选择【多边形套索】工具 ，再按<Alt>键，当鼠标指针变为 形状时，单击绘制一个选区来减小相交选区，减小后的效果如图4-48所示。

20. 选择"图层1"，将前景色设置为浅灰色（R:130,G:130,B:130），按<Alt>+<Delete>组合键将选区填充为前景色。最终效果如图4-49所示。

图4-46 复制图形　　　　图4-47 相交选区　　　　图4-48 减小选区　　　　图4-49 最终效果

21. 选择【文件】/【存储为】命令，将文件命名为"图案制作.psd"保存。

4.3 课堂实训——绘制艺术字

下面通过课堂实训再来巩固一下本次课程所学的知识，加强练习如何利用路径和矢量图形工具绘制处理图片，创作出更多具有创意的图案。本次实训将学习利用路径工具和前面所学的颜色填充知识，对所提供的文字素材进行编辑修饰，创建一幅艺术字图像，最终效果如图4-50所示。

4-50 最终效果

该练习的制作流程示意图如图4-51所示。

1. 新建文件 2. 导入图片 3. 绘制路径
7. 填充颜色 6. 调整路径 5. 绘制路径 4. 填充并修减

图4-51 制作流程示意图

【操作步骤提示】

1. 新建一个名为"青春飞扬"的文件，设置参数如图4-51左上角所示。

3. 导入本书配套资源"Map"目录下的"青春飞扬素材.jpg"文件，并调整大小和位置。

3. 使用【钢笔】工具绘制路径，绘制过程中可不断使用【添加锚点】、【删除锚点】以及【转换点】工具进行修改。绘制完毕后将路径转化为选区，然后填充颜色。

4. 选择【文件】/【存储】命令，保存文件。

4.4 综合案例——标志制作

本节将主要使用钢笔工具组、【路径】调板等制作一个标志，通过练习使读者重点掌握路径的创建与编辑。本例中制作的标志使用圆润的笔触，且采用较活跃的色彩来突出"禾木家具"的简单化、情趣化及人性化，最终效果如图4-52所示。

该练习的制作流程示意图如图4-53所示。

图4-52 标志制作的最终效果

图4-53 制作流程图

【操作步骤提示】

1. 选择【文件】/【新建】命令，弹出【新建】对话框，参数的设置如图4-54所示。选择
   【文件】/【存储为】命令，将文件命名为"标志制作.psd"保存。

2. 选择 ⬭ 工具或按<U>键，然后按住<Shift>+<Alt>组合键绘制圆形路径。

3. 利用 ▶ 工具选中圆形路径，并按住鼠标左键拖曳，移动路径到适当的位置。选中圆形路
   径后，路径变为如图4-55所示的形态。

4. 执行【视窗】/【标尺】命令或按<Ctrl>+<R>组合键显示标尺，将鼠标指针移动到左侧的
   标尺上拖曳出参考线，并放到合适的位置上。

图4-54 【新建】对话框

图4-55 选中后的路径

 参考线位置不合适时，可将鼠标指针移动到参考线上，按住<Ctrl>键拖曳。

5. 选择 ✒ 工具，在路径上单击添加锚点，如图4-56所示。

 使用【添加锚点】工具为路径添加锚点时，单击添加锚点，但不改变线段的形状；单击并拖曳鼠
标指针，则添加锚点并改变线段的形状。

6. 选择 ▶ 工具，在圆形路径上单击要删除的线段，按<Delete>键，删除后的效果如图4-57
   所示。

图4-56　在路径上添加锚点　　　　　　　　　　　　　　　　　　图4-57　删除线段

 在选中【路径选择】工具 或【直接选择】工具 的情况下，按住<Ctrl>键，当前命令便相当于对应的【直接选择】工具 或【路径选择】工具 。

7.　利用 工具选择要变形的线段，拖曳下侧的锚点，然后按住<Alt>键拖动上侧的点，调整线段的形状，效果如图4-58所示。

8.　选择 工具或按<P>键，将钢笔指针移动到绘图位置单击，开始绘制并调整各条路径，状态如图4-59所示。

9.　在【路径】调板中，双击"工作路径"，弹出【存储路径】对话框，设置【名称】为"路径1"，存储路径。结合整个标志的布局，按<Ctrl>+<T>组合键适当调整路径的大小与位置。

10.　在【图层】调板中，单击底部的【创建新图层】按钮 ，新建一个图层。利用 工具选择路径，如图4-60所示。

图4-58　调整线段形状　　　　　　　图4-59　绘制并调整路径　　　　　　　图4-60　选取要描边的路径

11.　设置前景色为黄绿色（R:153,G:136,B:0），选择 工具，"预设画笔"为"尖角"，【主直径】为"18 px"，【模式】为"正常"，【不透明度】为"100%"，【流量】为"100%"。

12.　在【路径】调板中，单击底部的【用画笔描边路径】按钮 ，描绘所选的路径，效果如图4-61所示。

13.　选择如图4-62所示的路径，设置前景色为白色，选择 工具，把【主直径】改为"30 px"，其他保持不变，对路径进行描边。

14.　保持路径的选取状态，设置前景色为绿色（R:96,G:190,B:0）。选择 工具，把【主直径】设置为"18 px"，其他保持不变，对路径进行描边，效果如图4-63所示。

图4-61 描边路径

图4-62 选择路径

图4-63 描边路径

15. 打开本书配套资源"Map"目录下的"标志字体.psd"文件，利用 ▶⊕ 工具拖曳"标志字体"到"标志制作.psd"图像中。选中标志与字体所在的3个图层，按<V>键，并单击 ⚄ 按钮将3个图层水平居中对齐，效果如图4-64所示。

16. 对标志进行局部的调整修饰，最终效果如图4-65所示。

图4-64 水平居中对齐图层

图4-65 拖曳标志字体到"标志制作.psd"中

4.5 课后作业

新建一个图像文件，在图像中创建如图4-66所示的路径，并根据此路径创建如图4-67和图4-68所示的图像效果。操作时请参照本书配套资源"课后作业"目录下的"轮.psd"文件。

图4-66 创建工作路径的形态

图4-67 平面轮子图像效果

图4-68 木质立体轮子图像效果

【操作步骤提示】

(1) 利用创建、复制和变形路径的功能，在新建文件中创建如图4-66所示的路径。创建时注意配合使用标尺和参考线，以取得较精确的效果。

(2) 创建完成后，将4个圆形子路径组合，然后将其他柱形路径组合。

(3) 使用填充和描边路径的方法创建如图4-67所示的轮子效果，其中最中间的圆形是使用 工具进行填充的。

(4) 在图像中创建一个新工作组。

(5) 在工作组中创建一个新图层，选择路径中的所有长柱形子路径，在路径中填充木纹图案。

(6) 再在工作组中创建一个新图层，选择路径中的4个圆形子路径，在路径中填充木纹图案。

(7) 选择当前图层中最中间的圆形区域。

(8) 最后在工作组中创建一个新图层，在选区中填充木纹图案。

(9) 给工作组中的其中一层图像添加立体效果，再将图像效果复制到其他两层中。木质立体轮子图像的最终效果如图4-68所示。

第5讲

绘画和修饰工具的应用

本讲介绍各种绘画及修饰工具的主要功能及使用方法。由于本讲要学习的工具较多，请读者在学习时注意分清各绘画工具和修饰工具的功能，并能熟练运用各工具绘制相应的图案。

【本讲课时】

本讲课时为6小时。

【教学目标】

● 掌握【画笔】调板的使用方法。

● 掌握【画笔】、【铅笔】和【颜色替换】工具的使用方法。

● 掌握【渐变】工具和【油漆桶】工具的使用方法。

● 掌握历史画笔工具组的使用方法。

● 掌握修复工具组的使用方法。

● 掌握图章工具组的使用方法。

● 掌握橡皮擦工具组的使用方法。

● 掌握【模糊】、【锐化】和【涂抹】工具的使用方法。

● 掌握【减淡】、【加深】和【海绵】工具的使用方法。

5.1 功能讲解

绘画工具主要包括【画笔】调板、【画笔】工具、【铅笔】工具、【渐变】工具和【油漆桶】工具，修饰工具主要包括修补工具组、图章工具组、历史记录画笔工具组、橡皮擦工具组、【颜色替换】工具及【模糊】工具、【锐化】工具、【涂抹】工具、【减淡】工具、【加深】工具和【海绵】工具等。这些工具都是在绘画及修饰过程中经常用到的。

5.1.1 【画笔】调板

Photoshop CS5中专门提供了一个设置画笔笔尖形状的工具——【画笔】调板。【画笔】调板默认位于调板区内，它提供了大量预置的画笔笔尖形状，并且还可以通过设置不同的参数以及选项衍生出更多的笔尖形状，从而大大增强了Photoshop CS5的绘画功能。选择【窗口】/【画笔】命令，或单击调板区左侧的按钮，弹出的【画笔】调板如图5-1所示。

在【画笔】调板左侧勾选相应的选项，可以使该类参数对当前选择的笔尖形状有效。【画笔预设】中相应的选项右侧会显示该类的参数，图5-2所示为勾选【形状动态】复选框后显示出来的参数。【画笔】调板最下方显示的是使用当前笔尖形状在图像中画线的预览效果。

图5-1 【画笔】调板（1）

图5-2 【形状动态】参数

绘图和编辑工具包括【画笔】工具、【铅笔】工具、【仿制图章】工具、【图案图章】工具、【历史记录画笔】工具、【历史记录艺术画笔】工具、【模糊】工具、【锐化】工具、【涂抹】工具、【减淡】工具、【加深】工具和【海绵】工具等，当用户在工具箱中选择这些工具时，在工具选项栏右侧会出现一个【切换画笔调板】按钮，单击它可调出【画笔】调板。

一、选择预设画笔

可以通过两种途径选择当前所使用的画笔预设，一种是通过选项栏左侧的画笔弹出式调板进行选择；另一种是通过【画笔】调板进行选择。

选择任意一个绘图或编辑工具，在其工具选项栏中单击画笔形状预览图右侧向下的小三角形，会出现画笔弹出式调板，如图5-3所示。用户可以选择不同的预设画笔，也可以通过拖曳【大小】上的滑块改变画笔的直径。

【画笔】调板的外观和工具选项栏中的画笔弹出式调板类似，但在【画笔】调板的下方有一个可供预览画笔效果的区域。移动鼠标指针到不同的画笔预览图上单击，【画笔】调板下方会动态显示不同画笔所绘制的效果，如图5-4所示。

图5-3 画笔弹出式调板

图5-4 【画笔】调板（2）

在画笔弹出式调板或【画笔预设】调板的弹出菜单中单击右侧的小黑三角按钮或按钮，可选择画笔显示方式，如图5-5和5-6所示。

图5-5 画笔弹出式调板的弹出菜单

图5-6 【画笔预设】调板的弹出菜单

二、自定义画笔

在打开的【画笔】调板中，单击左侧的【画笔笔尖形状】选项，可弹出如图5-4所示的笔尖形状图案。单击【画笔】调板左侧不同的选项名称，在右侧就会显示相应的参数面板。通过设置各个不同的选项参数，可以创建自定义的画笔笔尖形状。

 在【画笔】调板左侧选择某个选项时，若鼠标单击在选项名称处，则选择并勾选该选项，在右侧会显示相应的参数面板；若单击在选项名称左侧的小方框处，则仅勾选该选项，但右侧不显示其参数面板。

已经预存在【画笔】调板中的各个画笔，可以对其选项进行重新调整，并将调整后的结果利用【新建画笔预设】命令将其存储为新的画笔。

创建任意规则或不规则的选区，若选区的【羽化】值为"0 px"，得到的是硬边画笔。如果用户在定义选区的时候设置其他不同的【羽化】值，则得到软边画笔。

自定义画笔形状大小可高达2500像素×2500像素。为了使画笔效果更好，最好为画笔设定一个纯白色的背景，这样用该画笔绘制图形的时候，白色的部分是透明的。自制画笔时最好使用灰度色彩，画笔颜色是由当前使用的前景色来确定的，这里只定义了画笔的笔尖形状。

三、画笔选项设定

(1) 【画笔笔尖形状】类参数。

在【画笔】调板左侧单击选择【画笔笔尖形状】选项，右侧显示的【画笔笔尖形状】类选项和参数如图5-7所示，同时在下方还可以预览设置后的效果。

(2) 【形状动态】类参数。

在【画笔预设】类参数中，选择如图5-7所示的枫叶形状的画笔。在【画笔】调板左侧单击【形状动态】选项，如图5-8所示。通过对笔尖的【形状动态】类参数的调整，可以设置画线时笔尖的大小、角度和圆度的变化。

图5-7 【画笔笔尖形状】类参数

图5-8 【形状动态】类参数

在【形状动态】选项下的几个参数中，可以在上一步定制画笔的基础上更加详细地设置画笔的外观。例如【大小抖动】、【控制】、【最小直径】、【角度抖动】、【圆度抖动】等，通过对这些参数的设置，可以产生不同的画笔效果。

(3) 【散布】类参数。

通过调整【散布】类参数，可以设置笔尖沿鼠标指针拖曳的路线向外扩散的范围，从而使绘画工具产生一种笔触散射效果。在【画笔】调板左侧单击【散布】选项，并将其他选项的勾选取消，设置的【散布】类参数和选项如图5-9所示。通过调节相应参数值的大小，可以得到不同的画笔效果。这个选项只适合绘制如星星散状之类效果的特殊图形。

(4) 【纹理】类参数。

通过【纹理】类参数设置，可以在画笔中产生图案纹理效果。在【画笔】调板左侧单击【纹理】选项，并将其他选项的勾选取消，设置的参数和选项如图5-10所示。

图5-9 【散布】类参数

图5-10 【纹理】类参数

(5) 【双重画笔】类参数。

设置【双重画笔】类参数和选项，是在已经选好的画笔上再增加一个不同样式的画笔，可以产生两种不同纹理相交的笔尖效果。在【画笔】调板左侧单击【双重画笔】选项，并将其他选项的勾选取消，设置的参数和选项如图5-11所示。

(6) 【颜色动态】类参数。

设置【颜色动态】选项，可以使笔尖产生两种颜色或图案进行不同程度混合的效果，并且可以调整其混合颜色的色调、饱和度及明亮度等。在【画笔】调板左侧单击【颜色动态】选项，并将其他选项的勾选取消，设置参数和选项如图5-12所示。这类参数的设置在【画笔】调板中看不出笔尖的变化，只有在绘制图像时才能看出效果。

图5-11 【双重画笔】类参数　　　　图5-12 【颜色动态】类参数　　　　图5-13 【传递】类参数

（7）【传递】类参数。

　　【传递】类参数可以设置画笔绘制出颜色的不透明度和使颜色之间产生不同的流动效果。在【画笔】调板左侧单击【传递】选项，并将其他选项的勾选取消，设置的参数和选项如图5-13所示。

　　（8）其他选项设置。

　　除了前面介绍的参数和选项外，在【画笔】调板左侧还有如下几个选项。

- 　　勾选【杂色】复选框可以使画笔产生一些小碎点的效果。
- 　　勾选【湿边】复选框可以使画笔绘制出的颜色产生中间淡四周深的润湿效果，可用来模拟加水较多的颜料产生的效果。
- 　　勾选【喷枪】复选框可以模拟传统的喷枪，使画笔产生渐变色调的效果。
- 　　勾选【平滑】选项可以使画笔绘制出的颜色边缘较平滑。
- 　　勾选【保护纹理】复选框，当使用复位画笔等命令对画笔进行调整时，保护当前画笔的纹理图案不改变。

5.1.2 【画笔】、【铅笔】、【颜色替换】和【混合器画笔】工具

　　读者如果有一定的手绘功底，可以直接使用【画笔】工具和【铅笔】工具绘制图形，这两个工具可以创建出不同的效果。另外，读者还可以使用【颜色替换】工具对照片局部的颜色进行替换。

一、【画笔】工具

　　使用【画笔】工具 可以绘制出边缘柔软的画笔效果，画笔的颜色为工具箱中的前景色。在工具箱中选择 工具，其选项栏如图5-14所示。

图5-14 【画笔】工具选项栏

　　单击选项栏中【画笔】选项右侧的 按钮，弹出的面板如图5-15所示。

- 　　在最下方的列表中可以选择要使用的画笔笔尖。

- 修改【大小】值可以设置笔尖的大小。
- 修改【硬度】值可以修改笔尖边缘的柔化程度。

图5-15 【画笔】选项面板

在工具箱中选择 ✎工具，按住<Shift>键不放，在图像中拖曳鼠标指针，可以创建水平、垂直或以45°角为增量的直线。在工具箱中选择 ✎工具，在图像中的某一点上单击；按住<Shift>键不放，再在另一点上单击，可以在两点间创建一条直线。这种利用按住<Shift>键创建直线的方法适用于大多数绘制工具，在后面的学习中不再专门介绍，读者可以自己尝试各种使用技巧。

二、【铅笔】工具

使用【铅笔】工具 ✎可以绘制出硬边的线条，如果是斜线，会带有明显的锯齿，绘制的线条颜色为工具箱中的前景色。在工具箱中选择 ✎工具，其选项栏如图5-16所示。

图5-16 【铅笔】工具选项栏

✎工具的选项设置与 ✎工具的基本相同，只是使用 ✎工具时，【画笔】调板中所有的画笔都不产生虚边效果，所以在【画笔】选项列表中，选择【硬度】选项对笔尖效果不起作用。✎工具的选项栏比 ✎工具多了一个【自动抹除】选项，如果勾选了【自动抹除】复选框，那么当从图像中使用前景色的像素处落笔时，绘出的颜色将为背景色；如果从使用其他颜色的像素处开始落笔，则依然使用前景色。

三、【颜色替换】工具

使用【颜色替换】工具 ✎能够简化图像中特定颜色的替换，可以用前景色来替换图像中的颜色。✎工具不能在颜色模式为"位图"、"索引"或"多通道"模式的图像中使用。

在工具栏中选择 ✎工具后，选项栏如图5-17所示。

![颜色替换工具选项栏]

图5-17 【颜色替换】工具选项栏

四、【混合器画笔】工具

使用【混合器画笔】工具 ✎能够简化图像中特定颜色的替换，可以用前景色来替换图像中的颜色。✎工具不能在颜色模式为"位图"、"索引"或"多通道"模式的图像中使用。

在工具栏中选择 ✎工具后，选项栏如图5-18所示。

图5-18 【混合器画笔】工具选项栏

选择 ✎工具、✎工具、✎工具和 ✎工具的快捷键为<B>键，反复按<Shift>+<B>组合键可以在这4个工具间进行切换。

5.1.3 【渐变】工具和【油漆桶】工具

一、【渐变】工具

【渐变】工具 ■是使用较多的一种工具，利用这一工具可以在图像中填充渐变颜色和透明度过渡变化的效果。■工具常用来制作图像背景、立体效果和光亮效果等。

在工具箱中选择■工具后，其选项栏如图5-19所示，其中各选项的功能介绍如下。

图5-19 【渐变】工具选项栏

- 单击■■■■■右侧的▼按钮，在弹出的【预设渐变填充】面板中选择要使用的渐变项，如图5-19所示，默认的渐变选项有15个。单击【预设渐变填充】面板右上角的⊙按钮，弹出的下拉菜单中的命令与前面所学习的【画笔】调板菜单相似，读者可以对照学习，这里不再详细介绍。

- 在工具选项栏中可选择不同类型的渐变，包括【线性渐变】■、【径向渐变】■、【角度渐变】■、【对称渐变】■和【菱形渐变】■。这些渐变工具的使用方法相同，但产生的渐变效果不同。

以使用"黄色、紫色、橙色、蓝色"渐变项为例，上述5种渐变效果如图5-21所示；图中的白色箭头表示鼠标指针拖曳的方向和距离。

Photoshop CS5还专门提供了让用户自己编辑需要的渐变项的功能。在工具箱中选择■工具，单击选项栏中的■■■■■的颜色条部分，弹出的【渐变编辑器】对话框如图5-22所示。通过设置【渐变编辑器】对话框中的各个选项及参数，可以产生不同的渐变效果。

线性渐变　　　径向渐变　　　角度渐变

对称渐变　　　菱形渐变

图5-20 【预设渐变填充】面板　　　图5-21 几种渐变效果　　　图5-22 【渐变编辑器】对话框

二、【油漆桶】工具

在工具箱中选择【油漆桶】工具 🪣，可以在图像中填充前景色或图案。它按照图像中像素的颜色进行填充色处理，填充范围是与鼠标指针落点所在像素点的颜色相同或相近的像素点。在工具箱中选择 🪣 工具后，其选项栏如图5-23所示。

图5-23 【油漆桶】工具选项栏

5.1.4 【历史记录画笔】工具和【历史记录艺术画笔】工具

利用【历史记录画笔】工具 ✎ 和【历史记录艺术画笔】工具 ✎，可以在图像中将新绘制的部分恢复到【历史记录】调板中的"恢复点"处的画面。其快捷键为<Y>键，反复按 <Shift>+<Y>组合键可以实现这两种工具间的切换。

一、【历史记录画笔】工具

【历史记录画笔】工具 ✎ 的功能有点类似【历史记录】调板，也可以撤消前面的操作，其选项栏如图5-24所示。其中的选项在介绍其他工具时已经全部介绍过了，此处不再重复。

图5-24 【历史记录画笔】工具选项栏

在【历史记录】调板中设置好恢复点的位置，使用 ✎ 工具在图像中拖曳，即可将鼠标拖过的部分恢复到恢复点的状态。利用 ✎ 工具在恢复图像时优于【历史记录】调板，可以有选择地擦除多余的操作。用户可以在局部拖曳鼠标指针进行恢复；或在建立的选区内进行恢复；也可以通过修改【历史记录】调板中恢复点的位置，将一幅图像的不同部分恢复到不同的状态。

二、【历史记录艺术画笔】工具

【历史记录艺术画笔】工具 ✎ 的使用方法与 ✎ 工具基本相同，只是使用 ✎ 工具恢复图像时，在将图像恢复到恢复点处效果的同时对图像像素进行了移动和涂抹，使图像产生一种被涂花的效果。其选项栏如图5-25所示。

图5-25 【历史记录艺术画笔】工具选项栏

- 样式： 绷紧短 ：【样式】下拉列表中包含10种移动和涂抹图像像素的方式。图 5-26所示为不同样式的涂抹效果。

图5-26 各种样式的效果

练习使用【历史记录画笔】工具

本练习将利用【历史记录画笔】工具制作一种简单的艺术照效果。原图和最终效果如图

5-27所示。

图5-27 原图和最终效果

1. 打开本书配套资源"Map"目录下的"啤酒杯.jpg"文件。

2. 选择【滤镜】/【素描】/【粉笔和炭笔】命令，弹出【粉笔和炭笔】对话框，参数的设置如图5-28所示。

图5-28 【粉笔和炭笔】对话框

3. 单击【粉笔和炭笔】对话框中的 确定 按钮，滤镜效果如图5-29所示。

   此时【历史记录】调板中恢复点的位置在原图上。

4. 选择 工具，在选项栏的 中选择圆形画笔，并将画笔的【大小】值设置为"50"、【硬度】值设置为"100"。

5. 在图像窗口中以"z"字形拖曳鼠标指针，将画笔拖曳轨迹内的图像恢复到原图效果，如图5-30所示。

6. 选择【文件】/【存储】命令，将做好的修改保存。

图5-29 【粉笔和炭笔】滤镜效果

图5-30 最终效果

5.1.5 修复工具组

Photoshop CS5加强了照片处理的功能。在工具箱中专门用于修复旧照片的工具有4个，包括【污点修复画笔】工具 、【修复画笔】工具 、【修补】工具 和【红眼】工具 ，如图5-31所示。 工具和 工具主要用于在保持原图像明暗效果不变的情况下消除图像中的杂色、斑点， 工具主要用于处理照片中出现的红眼问题。

这4个工具的快捷键为<J>键，反复按<Shift>+<J>组合键可以在这4个工具间进行切换。

下面分别介绍这4种工具的选项和使用方法。

图5-31 修复工具

一、【污点修复画笔】工具

使用【污点修复画笔】工具 可以快速移去照片中的污点、划痕和其他不理想部分。 工具将自动从所修饰区域的周围取样，使用取样点周围图像或图案中的样本像素进行绘画，并将样本像素的纹理、光照、透明度和阴影与所修复的像素相匹配。 工具常用于对图像中面积相对较小的污点进行修复，如果修饰大片区域或需要更大程度地控制来源取样，则使用【修复画笔】工具效果会更好。其选项栏如图5-32所示。

图5-32 【污点修复画笔】工具选项栏

二、【修复画笔】工具

【修复画笔】工具 和【污点修复画笔】工具 类似，但是【修复画笔】工具 是用指定的图像取样点来修复图像中的缺陷，或复制预先设置好的图案至需要修复的位置，且将复制过来的图像或图案边缘虚化，并与要修复的图像按指定的模式进行混合。混合的图像不改变需要修复图像的明暗，从而达到最佳的修复效果。其选项栏如图5-33所示。

图5-33 【修复画笔】工具选项栏

- 【源】：有两个可选项。点选【取样】单选项，是利用从图像中定义的图像进行修复；点选【图案】单选项，是利用右侧的【图案】面板中的图案对图像进行修复。

在进行污损照片的处理时， 工具主要用于消除图像中小范围内的杂点、划痕或者污渍等。但 工具不仅能用于污损照片的处理，它还可以用于其他方面。本节中将做一个简单的练习来学习 工具的使用。

修复图像练习

将图像中右侧人物T恤的图案去除，修复前后的效果如图5-34所示。

图5-34 修复前后的效果

1. 打开本书配套资源"Map"目录下的"修复工具01.jpg"文件。

2. 选择 ✐ 工具，单击工具选项栏中的 ∙₁₉· 按钮，弹出【笔刷】设置面板，参数的设置如图5-35所示。

3. 按住<Alt>键，鼠标指针变为 ⊕ 形状，表示将指定取样点。参照如图5-36所示在图像上要取样的部分单击。

图5-35 【笔刷】设置面板

图5-36 指定取样点

4. 释放<Alt>键，将鼠标指针移动到需要修复的位置，按下鼠标左键并拖曳，状态如图5-37所示。

5. 以相同的方式修复图像，可以在修复的过程中多次重新指定取样点。

6. 图像修复后的效果如图5-38所示。

图5-37 拖曳鼠标指针的状态

图5-38 修复后的效果

7. 选择【文件】/【存储】命令，将所做的修改保存。

使用 ✐ 工具修复图像时，如果需要处理跨越了两种以上不同颜色或图像的杂点、划痕时，要分别选择划痕的不同部分进行修复，以免造成不同的颜色和图像互相混杂。例如当要处理如图5-39所示的划痕时，就需要先选择左侧的矩形色块区域，将该区域内的划痕清除，然后再选择右侧的矩形色块区域，将剩余划痕清除。

图5-39 跨色划痕

三、【修补】工具

■工具的功能与 ✐工具相似，■工具类似一个增加了选择功能的 ✐工具。使用 ■工具修补图像时，称需要修补的图像为源图像，把用来修改源图像的图像称为目标图像。

■工具可以用来选取大片面积的图像进行修复，其选项栏如图5-40所示。

图5-40 【修补】工具选项栏

- 【新选区】按钮□、【添加到选区】按钮□、【从选区减去】按钮□、【与选区交叉】按钮□的功能与选框工具选项栏中按钮的功能相同，此处不再赘述。

 使用 ■工具在图像中建立选区后，从当前选区内开始拖曳鼠标指针是直接进行修补操作；从当前选区外开始拖曳鼠标指针是根据上述4个按钮的选择对当前选区进行修改。

✐工具和 ■工具都是用于修补图像的，✐工具主要用于对细节进行修改；■工具主要用于对较大范围图像的修改。如果修补的图像有些过渡不自然的地方，可以使用 ✐工具再做进一步修补。

四、【红眼】工具

【红眼】工具 ⚆使用前景色对图像中特定的颜色进行替换。在用于照片处理时，该工具常用来校正图像中较小图像的偏色，例如在拍摄夜间的照片时，人或动物的眼睛经常会因为反光出现红色，被称为"红眼"。使用 ⚆工具可以方便地解决红眼问题，也可以移去用闪光灯拍摄的动物照片中的白色或绿色反光。⚆工具不能在颜色模式为"位图"、"索引"或"多通道"模式的图像中使用。在工具箱中选择 ⚆工具后，选项栏如图5-41所示。

图5-41 【红眼】工具选项栏

5.1.6 图章工具组

图章工具组包括【仿制图章】工具 ⚒和【图案图章】工具 ⚒，它们主要是通过在图像中选择印制点或设置图案对图像进行复制。其快捷键为<S>键，反复按<Shift>+<S>组合键可以实现在这两种图章工具间的切换。

一、【仿制图章】工具

利用【仿制图章】工具 ⚒可以准确复制图像的一部分或全部。⚒工具的操作方法与 ✐工具相似，按住<Alt>键不放，在图像中要复制的部分单击，即可取得这部分作为样本，在目标位置处单击或拖曳鼠标指针，即可将取得的样本复制到目标位置。其选项栏如图5-42所示。

图5-42 【仿制图章】工具选项栏

在进行不对齐复制时，如果想再复制其他部分的图像，只要按住<Alt>键，在需要复制的图像上重新定义一个起点就可以了。

利用 ⚒工具复制图像可以在一幅图像中进行，也可以在多幅图像间进行。

练习使用【仿制图章】工具

利用【仿制图章】工具 ⚒，将图像中左侧人物T恤的图案仿制到右侧人物T恤上。仿制前后的效果如图5-43所示。

1. 打开本书配套资源"Map"目录下的"仿制工具02.jpg"文件。

2. 选择 🔳 工具，单击工具选项栏中的 ▒ 按钮，弹出【笔刷】面板，参数设置如图5-44所示。

图5-43 仿制前后的效果　　　　　　　　　　图5-44 【笔刷】面板

 在进行图像复制的过程中，如果感到正在使用的笔型过大或过小，可以根据实际情况随时在选项栏上更换适当大小的画笔。选用带虚边的画笔，可以使复制图像效果与原图结合得更加自然。

3. 按住<Alt>键，鼠标指针变为 ⊕ 形状时，表示将指定取样点，如图5-45所示，在图像上要取样的部分单击。

4. 释放<Alt>键，将鼠标指针移动到需要修复的位置，按下鼠标左键并拖曳，仿制状态如图5-46所示。

图5-45 指定取样点　　　　　　　　　　　　图5-46 仿制状态

5. 按住鼠标左键拖曳，直到图案完全仿制到右侧人物T恤上时再释放鼠标左键，如图5-47所示，完成仿制。

 在进行复制时，注意观察图像窗口中有一个"十"字形光标，🔳 工具就是将该图标所在位置的图像复制到当前鼠标指针所在的位置上。

6. 图像仿制后的效果如图5-48所示。

图5-47 仿制状态　　　　　　　　　　　　图5-48 最终效果

7. 选择【文件】/【存储】命令，将所做的修改保存。

二、【图案图章】工具

使用【图案图章】工具 不是复制图像中的内容,而是复制已有的图案,其选项栏如图5-49所示。工具的选项与 工具相近,这里只介绍它们之间不同的内容。

图5-49 【图案图章】工具选项栏

- : 单击该按钮,弹出的【图案】面板如图5-50所示。
  单击【图案】面板右上角的 按钮,可以利用弹出的下拉菜单中的命令设置【图案】面板。设置【图案】面板的命令与设置【画笔】调板的命令相近,这里不再详细介绍。

- ☑对齐: 勾选该复选框,在图像窗口中多次拖曳鼠标指针,复制的图案整齐排列,如图5-51左侧的图像所示。不勾选该复选框,在图像窗口中多次拖曳鼠标指针,复制的图案将无序地散落在图像窗口中,如图5-51右侧的图像所示。

- □印象派效果: 勾选该复选框,复制的图案会产生扭曲模糊的效果。

使用 工具可以将选定的图案复制到一幅或多幅图像文件中,并且在复制的过程中可以随时在选项栏中的【图案】面板中选择其他图案。

图5-50 【图案】调板

图5-51 是否勾选【对齐】复选框对复制图像的影响

三、自定义图案

Photoshop CS5中提供的图案并不多,为了方便用户使用,Photoshop CS5还专门提供了让用户自定义图案的功能。自定义图案的操作过程非常简单,其基本操作步骤如下。

1. 打开一幅要选择定义图案的图像。
2. 选择 工具,在选项栏中将其【羽化】值设置为"0 px"。
3. 在图像中选择要定义图案的部分。
4. 选择【编辑】/【定义图案】命令,在弹出的【图案名称】对话框中设置新定义图案的名称。
5. 单击【图案名称】对话框中的 确定 按钮,即可将选区内的图像定义为新的图案。
   此时在 工具选项栏的【图案】面板中即可看到新定义的图案了。

> 提示 定义图案有两个必要的条件:一是必须建立矩形选区,二是选区的【羽化】值必须是"0 px"。

5.1.7 橡皮擦工具组

Photoshop CS5工具箱中的【橡皮擦】工具 、【背景橡皮擦】工具 和【魔术橡皮擦】工具 位于同一位置,它们的主要功能是在图像中清除不需要的图像像素,以对图像进行修整。其快捷键为<E>键,反复按<Shift>+<E>组合键可以实现这3种橡皮擦工具间的切换。

一、【橡皮擦】工具

【橡皮擦】工具 ✎ 是基本的擦除工具，它的功能就像橡皮。使用 ✎ 工具时，如果当前层是背景层，那么被擦除的图像位置显示为背景色，这时可以把【橡皮擦】工具 ✎ 看成是使用背景色作画的绘画工具。如果当前层是普通图层，被擦除的图像位置显示为透明效果。在工具箱中选择 ✎ 工具，选项栏如图5-52所示。

图5-52　【橡皮擦】工具选项栏

前面已经练习过 ✎ 工具和 ✎ 工具的使用方法，这里就不再介绍 ✎ 工具的操作方法，✎ 工具也是较常用的工具之一，读者可以自己练习。

二、【背景橡皮擦】工具

使用【背景橡皮擦】工具 ✎，可以将图像中特定的颜色擦除。擦除时，如果当前层是背景层，Photoshop CS5自动将其转换为普通层，也就是说，使用 ✎ 工具可以将图像擦除至透明。

在工具箱中选择 ✎ 工具，其选项栏如图5-53所示。

图5-53　【背景橡皮擦】工具选项栏

三、【魔术橡皮擦】工具

【魔术橡皮擦】工具 ✎ 与前面介绍的两种橡皮擦工具在操作上有所不同，上面两种橡皮擦工具通常是在图像中拖曳鼠标指针，而使用 ✎ 工具，只要在图像中需要擦除的颜色上单击，即可在图像中擦除与鼠标指针落点处颜色相近的像素。✎ 工具的选项、使用方法和功能有些类似于 ✎ 工具，只是使用 ✎ 工具是擦除图像中颜色相近的像素，而使用 ✎ 工具则是选择图像中颜色相近的像素。在工具箱中选择 ✎ 工具，其选项栏如图5-54所示。

图5-54　【魔术橡皮擦】工具选项栏

5.1.8　【模糊】工具、【锐化】工具和【涂抹】工具

【模糊】工具 ● 主要用来对图像进行柔化模糊，减少图像的细节。

【锐化】工具 △ 主要用来对图像进行锐化，增强图像中相邻像素之间的对比，提高图像的清晰度。

选择工具箱中的【涂抹】工具 ✎，在图像中单击并拖曳鼠标指针，可以将鼠标指针落点处的颜色抹开，其作用是模拟刚画好一幅画还没干时用手指去抹的效果。

它们的快捷键为<R>键，反复按<Shift>+<R>组合键，可以在这3个工具之间进行切换。

在工具箱中选择 ● 工具，其选项栏如图5-55所示。

图5-55　【模糊】工具选项栏

选项栏上的【强度】值决定每当拖曳鼠标指针时可以使图像达到的模糊程度，其他选项都比较简单，不再详细介绍。

　　△工具和🖐工具的选项栏与🖐工具基本相同，只是🖐工具的选项栏中多了一个【手指绘画】的选项。勾选【手指绘画】复选框，相当于用手指蘸着前景色在图像上涂抹。

　　使用🖐工具、△工具和🖐工具对图像进行调整的效果如图5-56所示，由左至右分别是原图效果、模糊效果、锐化效果和涂抹效果。

图5-56 原图、模糊、锐化和涂抹的效果

5.1.9 【减淡】工具、【加深】工具和【海绵】工具

　　【减淡】工具🔍主要用于对图像的阴影、半色调及高光等部分进行提亮加光处理。

　　【加深】工具✋主要用于对图像的阴影、半色调及高光等部分进行遮光变暗处理。

　　【海绵】工具🔲主要用于对图像进行变灰或提纯（就是使图像颜色更加鲜艳）处理。它们的快捷键为<O>键，反复按<Shift>+<O>组合键，可以实现这3个工具之间的切换。

　　在工具箱中选择🔍工具，其选项栏如图5-57所示。

图5-57 【减淡】工具选项栏

　　🔍工具选项的【曝光度】值决定一次操作对图像的提亮程度。

　　✋工具的选项栏与🔍工具的基本相同，只是它的【曝光度】值决定一次操作对图像的遮光程度。选择这两个工具后，在画面上单击并拖动鼠标指针涂抹，即可处理图像的曝光度。

　　【海绵】工具🔲可以精确地修改色彩的饱和度，在工具箱中选择🔲工具，其选项栏如图5-58所示。

图5-58 【海绵】工具选项栏

　　在进行提亮操作时，🔍工具选项栏中的【曝光度】值可先设置为"50%"，在图像中拖曳鼠标指针时，注意不要在图像上重复拖曳多次，那样会将图像修改得过亮。第一遍提亮后，如觉得亮度不够，可以将【曝光度】值再修改得小一些，然后再在图像上拖曳一次。重复上面的操作，直到取得令人满意的亮度为止。

5.2 范例解析——影视海报制作

　　本节将通过影视海报的制作，向读者介绍各种绘画工具和修饰工具的使用。本例中用到的工具主要有【画笔】、【铅笔】、【渐变】、【加深】和【减淡】等工具，另外还涉及【滤镜】菜单中的相关命令和文字的相关命令。其中大部分命令都是需要长时间使用才能熟练掌握，希望读者平时多加强练习，在创作中得到更佳效果。该例的最终效果如图5-59所示。

1. 选择【文件】/【新建】命令或按
   <Ctrl>+<N>组合键，弹出【新建】对话
   框，设置【名称】为"影视海报"，其
   他各选项如图5-60所示，单击 确定
   按钮。

2. 选择【文件】/【存储为】命令或按
   <Ctrl>+<Shift>+<S>组合键，将当前图像
   命名为"影视海报.psd"保存。

3. 选择 工具或按<M>键，选中如图5-61
   所示的区域。

图5-59 影视海报最终效果

图5-60 【新建】对话框

图5-61 选中的区域

4. 选择 工具或按<G>键，这时鼠标指针变成"十"字形状，在选项栏中单击 右
   侧的三角形，弹出如图5-62所示的【预设渐变填
   充】面板，选择"黑色、白色"渐变选项 。

5. 在选项栏中单击 按钮，设置【模式】为"正
   常"，【不透明度】设为"50%"，其他设置不
   变。

图5-62 【预设渐变填充】面板

6. 按住鼠标左键，同时按住<Shift>键，从选区上边
   缘拉曳到下边缘，效果如图5-63所示。按<Ctrl>+<D>组合键取消选区，然后以同样的方
   法制作出图像下方的渐变，如图5-64所示。

图5-63 填充上方渐变

图5-64 填充下方渐变

在渐变填充中，同时按住<Shift>键能够保证在水平或竖直方向上渐变。使用【铅笔】工具、【画笔】工具或【仿制图章】工具组、【橡皮擦】工具组、【模糊】工具组、【减淡】工具组中的工具时，<Shift>键能够起到"尺子"的作用。例如在使用【铅笔】工具时，如果按住鼠标左键拖曳的过程中同时按住<Shift>键，绘制的线将为水平或竖直的，如图5-65中所示的"1"；如果在使用【铅笔】工具确定起点和终点的过程中同时按住<Shift>键，起点与终点将是直线，如图5-65中的"2"所示。

7. 选择 🔍 工具或按<O>键，选项栏设置如图5-66所示。

图5-65 <Shift>键的使用　　　　　　　图5-66 【减淡】工具选项栏参数设置

8. 在图像中拖曳鼠标指针绘制出的效果如图5-67所示。

9. 选择 🔘 工具或按<Shift>+<O>组合键，选项栏的设置如图5-68所示。

图5-67 绘制出的效果　　　　　　　图5-68 【加深工具】选项栏参数设置

10. 然后在图像中拖曳鼠标指针，绘制出如图5-69所示的效果，让画面更有层次感。

图5-69 利用 🔘 工具绘制出的效果

11. 选择 🖌 工具或按<B>键，选项栏参数的设置如图5-70所示，单击【画笔】按钮，弹出【画笔】面板，如图5-71所示。选取"大油彩蜡笔"画笔，设置【大小】为"150 px"。

图5-70 【画笔】工具选项栏参数设置（1）

12. 按住鼠标左键在图像中拉曳鼠标，效果如图5-72所示。

图5-71 【画笔】面板（1）

图5-72 利用【画笔】工具拖曳出的效果

13. 选择【滤镜】/【锐化】/【USM锐化】命令，弹出【USM锐化】对话框，各选项的设置如图5-73所示，单击 确定 按钮。选择【USM锐化】滤镜之后的图像效果如图5-74所示。

图5-73 【USM锐化】对话框

图5-74 【USM锐化】滤镜效果

14. 选择 工具或按<B>键，选项栏参数设置如图5-75所示，单击【画笔】按钮，弹出【画笔】面板，如图5-76所示。选取"粗边圆形钢笔"画笔，设置【大小】为"60 px"。

图5-75 【画笔】工具选项栏参数设置（2）

15. 绘制出图像下侧的直线，并修改画笔的【大小】为"40 px"，【不透明度】为"50%"，再绘制出图像上侧的直线，效果如图5-77所示。

图5-76 【画笔】面板（2）

图5-77 绘制直线

16. 选择【文件】/【新建】命令或按<Ctrl>+<N>组合键，弹出【新建】对话框，设置【名称】为"禁闭岛"，其他参数的设置如图5-78所示，单击 确定 按钮。

17. 选择 T 工具或按<T>键，确定前景色为黑色，键入文字"禁闭岛"，单击选项栏中的【提交所有当前编辑】按钮 ✔，效果如图5-79所示。

图5-78 【新建】对话框

图5-79 输入文字

 选择【提交所有当前编辑】命令后，按<Ctrl>+<T>组合键并配合<Shift>和<Alt>组合键，可改变文字的大小。

18. 选择【编辑】/【定义画笔预设】命令，弹出【画笔名称】对话框，如图5-80所示。在【名称】文本框输入"禁闭岛"，单击 确定 按钮。

图5-80 【画笔名称】对话框

19. 选择【文件】/【存储为】命令或按<Ctrl>+<Shift>+<S>组合键，将当前图像命名为"禁闭岛.psd"保存，然后单击【关闭】按钮 ✕。

20. 返回"影视海报"图像区域，读者可以尝试用不同的工具绘制出如图5-81所示的"禁闭岛"效果。

21. 选择【滤镜】/【风格化】/【凸出】命令，弹出【凸出】对话框，其参数的设置如图5-82所示，单击 确定 按钮。

图5-81 使用绘画工具绘制"禁闭岛"

图5-82 【凸出】对话框设置

22. 选择【凸出】滤镜命令后的效果如图5-83所示。

23. 选择 T 工具或按<T>键，确定前景色为白色，选项栏的设置如图5-84所示。

图5-83 【凸出】滤镜效果

图5-84 【横排文字】工具选项栏

24. 再次键入"禁闭岛"字样,单击选项栏中的【提交所有当前编辑】按钮 ✔。然后按 <Ctrl>+<T>组合键,调整数字的大小,并调整位置,效果如图5-85所示。

25. 在【图层】调板中,将"禁闭岛"图层复制为"禁闭岛 副本"层,如图5-86所示。

26. 选择【图层】/【栅格化】/【文字】命令,将"禁闭岛"图层上的数字栅格化,【图层】 调板如图5-87所示。

图5-85 键入"禁闭岛"

图5-86 【图层】调板   图5-87 栅格化后的【图层】调板

27. 选择【滤镜】/【模糊】/【动感模糊】命令,弹出【动感模糊】对话框,设置的参数如图 5-88所示。选择【动感模糊】后的图像效果如图5-89所示。

图5-88 【动感模糊】对话框(1)

图5-89 【动感模糊】滤镜效果

28. 分别键入"走进2010.8.9《禁闭岛》，悬疑由谁解开"和"www.jinbidao.com"，字体设
    置为楷体，大小和位置如图5-90所示。

29. 复制"走进2010.8.9《禁闭岛》，悬疑由谁解开"图层，然后栅格化其中的一个图层，如
    图5-91所示。

图5-90　键入其他文字　　　　图5-91　选择栅格化后的【图层】调板　　　图5-92　【动感模糊】对话框（2）

30. 选择【滤镜】/【模糊】/【动感模糊】命令，弹出【动感模糊】对话框，设置的参数如图
    5-92所示，然后单击 确定 按钮，效果如图5-93所示。

31. 选择【文件】/【存储】命令或按<Ctrl>+<S>组合键，将上面所做的操作进行保存。

32. 用户也可选择【文件】/【存储为】命令，弹出【存储为】对话框，将其保存为"JPEG"
    图片格式，以备后用。最终效果如图5-94所示。

图5-93　【动感模糊】滤镜效果　　　　　　　图5-94　影视海报最终效果

5.3　课堂实训——照片艺术化处理

　　下面通过课堂实训再来巩固一下本讲所学的知识，加强练习如何运用各种绘画工具及修
饰工具绘制出相应的图案或其他效果。

　　本次课堂实训将学习利用【历史记录画笔】工具、【图像】/【调整】命令、矢量图形工
具及【文字】工具等，对照片进行简单的编辑，最终效果如图5-95所示。

　　本次实训要求读者针对所提供的照片进行艺术化效果处理，以达到灵活运用绘画及修饰
工具的目的。图5-96所示是一只淘气小猫咪玩耍时的照片，但其背景复杂、色调丰富，使得
小猫咪不是非常突出。下面将介绍如何将背景变为无色，而保留小猫咪主体颜色的艺术处理
方法，该练习的制作流程示意图如图5-97所示。

图5-95　照片艺术化处理最终效果

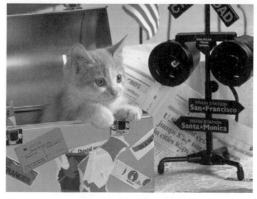

图5-96　原始照片素材

【操作步骤提示】

1. 打开本书配套资源"Map"目录下的"箱中的小猫咪.jpg"文件，可以看到一只淘气小猫咪的图像。

2. 要获得无色的背景，必须将图像中的颜色去除。首先按下<Ctrl>+<J>组合键，将原始素材创建一份副本，然后对副本层中的图片选择【图像】/【调整】/【去色】命令，得到一张完全无色的黑白照片。

1. 将照片颜色去除，获得黑白背景

2. 对小猫咪进行颜色恢复

4. 添加LOGO和文字，完成最终效果

3. 完成对小猫咪的色彩恢复效果

图5-97　制作流程示意图

3. 确认需要强调的对象小猫咪，在工具箱中选择　工具或按<Y>键，对小猫咪进行颜色恢复。同时依据由粗到细的绘制原则，根据修改部分的图像大小在【历史记录画笔】属性中不断设定画笔的大小。继续为小猫咪恢复颜色，直至完成，读者也可以参考配套资源中的彩色效果。

　【历史记录画笔】工具可以把通过各种方式修改过的图像恢复至最初的状态，但是图像大小、画布大小及颜色属性等发生改变时，则不能用该工具进行恢复。

4. 借助 工具，绘制如图5-95左上角所示的趣味图形，并将其填充为白色。读者也可以加入自己制作的个性logo作为装饰，输入读者需要的文字，包括标题、作者等，并改变大小及颜色。

5. 至此，便完成了对这幅照片的艺术加工。选择【文件】/【存储】命令，保存文件。

5.4 综合案例——照片修饰

用数码相机拍摄的照片，往往存在一些瑕疵，例如斑点、由于遮挡形成的阴影、旁边恰好路过的行人及背景中的垃圾等。这些瑕疵大部分都可以通过Photoshop CS5来进行修整，从而使照片更加完美。

下面就以一幅高级轿车照片的修改为例，来详细讲解照片的修饰。在本例中介绍了去除诸多瑕疵的方法，常用到的工具有【仿制图章】工具、【修补】工具、【模糊】工具和【污点修复画笔】工具等。该例的最初效果和最终效果如图5-98和图5-99所示。

【操作步骤提示】

1. 选择【文件】/【打开】命令，打开本书配套资源"Map"目录下的"高级轿车.jpg"文件，如图5-98所示。

图5-98 照片修饰前的最初效果　　　　　图5-99 照片修饰后的最终效果

首先处理草地上的"雪糕棍"。

2. 选择 工具，在"雪糕棍"处连续单击或拖曳鼠标指针，将雪糕棍去除。

> 如果需要修复的区域比较大或要更好的控制来源取样，则需使用【修复画笔】工具。

接下来修整汽车车身上的斑点。

3. 按<Ctrl>+<+>组合键放大图像，按住空格键拖曳鼠标指针平移图像，如图5-100所示。选择 工具，在斑点处拖曳鼠标指针，将斑点模糊化，效果如图5-101所示。

4. 使用 工具去除地面上的白色斑马线。将鼠标指针移动至没有斑马线的路面上，在按住<Alt>键的同时单击，然后将鼠标指针移动至需要修整的图像上，拖曳鼠标指针即可（效果不满意时可按<Ctrl>+<Alt>+<Z>组合键返回上几步来重新操作）。

图5-100　放大图像

图5-101　使用【模糊】工具

该照片的背景比较复杂，下面的操作就来简化背景，从而突出主体。主要使用【仿制图章】工具来去除多余的背景物体。

5. 选择🔨工具，按<Ctrl>+<+>组合键放大图像，按照上面的操作方法，去除背景中的一些树木和路灯，效果如图5-102和图5-103所示。

图5-102　未简化背景的图像

图5-103　简化背景后的图像

6. 使用🖋工具绘制路径，单击【路径】调板下方的【将路径作为选区载入】按钮◯，将路径转换成选区，如图5-104和图5-105所示。

图5-104　绘制路径

图5-105　路径转换成选区

7. 选择【选择】/【羽化】命令，设置【羽化半径】为"50 px"。然后按<Ctrl>+<Shift>+<I>组合键反选图像，选择【滤镜】/【模糊】/【模糊】命令，重复操作或按<Ctrl>+<F>组合键。

8. 用同样的方法继续绘制路径，进一步模糊背景，如图5-106所示。

最后加上一些文字作为点缀。

9. 选择 T 工具，在图像中单击输入文字，然后调整文字位置及大小。最终效果如图5-107 所示。

图5-106 进一步模糊背景

图5-107 最终效果

5.5 课后作业

打开本书配套资源"Map"目录下的"蓝色水罐.jpg"文件，如图5-108所示。利用工具箱中的 工具和 工具，将中间水罐上的装饰清除，效果如图5-109所示。操作时请参照本书配套资源"课后作业"目录下的"修复水罐.psd"文件。

如果需要修改的图像与它的目标效果反差较大，即颜色、亮度等差别较大，可以先用 工具将目标效果的图像复制到要修改的图像上，然后再利用 工具进行修改。

图5-108 原始照片素材

图5-109 清除中间水罐的装饰效果

【操作步骤提示】

(1) 在图像中间水罐装饰上方拖曳出矩形选区，注意选区范围不能超过中间水罐图像的范围。

(2) 选择 工具，按住<Alt>键不放，将鼠标指针移动至选区内部拖曳，复制选区内的图像至水罐装饰图像上。

(3) 选择 工具，将中间水罐中因复制图像产生的不自然的效果清除。

第6讲
【文字】和其他工具的应用

　　文字在平面设计中有着重要的作用，平面广告、产品说明、宣传画及台历挂历等许多平面图像上都需要添加一定的文字，适当的文字效果能够在绘图中起到画龙点睛的作用。本课程将具体介绍如何在Photoshop CS5中创建各种各样的文字效果。

　　另外，Photoshop CS5工具箱中还有许多其他工具，如裁剪、切片、附注和吸管等，它们在图像处理过程中也是必不可少的，熟练掌握这些工具的使用，有助于读者对Photoshop CS5有一个整体认识，在图像处理过程中做到得心应手。

【本讲课时】

　　本讲课时为4小时。

【教学目标】

● 掌握【文字】工具的使用方法。

● 学习创建文字图像和选区。

● 学习创建段落文字。

● 学习【图层】/【文字】菜单命令的使用方法。

● 学习【裁剪】工具、【切片】工具和【切片选择】工具的使用方法。

● 学习【吸管】工具、【颜色取样器】工具和【注释】工具的使用方法。

6.1 功能讲解

Photoshop CS5中提供的文字功能非常强大，用户可以直接在图像中输入、编辑和修改文字，并对文字进行对齐、排列、调整间隔、缩放、颜色调整、拼写检查、文本查找及替换等操作，还可以对文字进行各种特殊变形，使文字产生奇异的形态效果。Photoshop CS5工具箱中还包括【裁剪】、【切片】、【附注】和【吸管】等工具，在实际工作中，这些工具的使用会起到意想不到的点睛效果，所以读者不要因为这些工具看上去功能较少而忽视它们。

6.1.1 【文字】工具

在Photoshop CS5的工具箱中，可以选择不同的【文字】工具，这一步操作一定要在创建文字前进行。单击工具箱中的【横排文字】工具 T，弹出的列表如图6-1所示。

一、文字属性

在工具箱中选择【文字】工具后，其选项栏如图6-2所示，各选项具体介绍如下。

图6-1 【文字】工具列表　　　　　　　　　图6-2 【文字】工具选项栏

(1) 转换文字方向：单击 ⊥T 按钮，可以将水平文字转换为垂直文字，或将垂直文字转换为水平文字。

(2) 设置文字字符格式：在【文字】工具选项栏中可以直接设置字符格式。

(3) 设置文字对齐方式：在选项栏中选择 T 工具或 T 工具后，【对齐】按钮显示为 ▤、▤ 和 ▤ 按钮，分别为使水平文字向左对齐、沿水平中心对齐和向右对齐。

在选项栏中选择 ⊥T 工具或 ⊥T 工具后，【对齐】按钮显示为 ▥、▥ 和 ▥ 按钮，分别为使垂直文字向上对齐、沿垂直中心对齐和向下对齐。

(4) 设置文字颜色：单击【文本颜色】色块可以修改被选中文字的颜色。

(5) 设置文字变形：在图像中创建文字后，单击选项栏中的【创建文字变形】按钮 ⊥，在弹出的【变形文字】对话框中单击【样式】下拉列表，弹出的变形样式如图6-3所示。所有这些样式的选项基本相同，以"旗帜"样式为例进行介绍。选择"旗帜"样式后，弹出的【变形文字】对话框如图6-4所示。

图6-3 可选择的文字变形样式　　　　　图6-4 选择"旗帜"样式后的对话框

选择不同的样式，文字变形后的不同效果如图6-5所示。

图6-5　文字变形效果

二、【字符】调板

单击选项栏中的【显示/隐藏字符和段落调板】按钮，在弹出的对话框中选中【字符】选项卡，【字符】调板及其选项的功能介绍如图6-6所示。

【颜色】色块下方有一排按钮用来设置文字字符的效果。当在文字图层中选中要设置的文字时，分别单击这些按钮，可以完成相应的设置。

在图像中创建竖排英文时，其默认文字方向如图6-7左侧所示的效果。在文字层中选择要修改的竖排文字，单击【字符】调板右侧的按钮，在弹出的菜单中选择【标准垂直罗马对齐方式】命令，竖排英文的方向将转换为如图6-7右侧所示的效果。这一命令对中文无效。

图6-6　【字符】调板

图6-7　文字效果

三、【段落】调板

在工具箱中选择【文字】工具，单击选项栏中的【显示/隐藏字符和段落调板】按钮，在弹出的对话框中选中【段落】选项卡，【段落】调板及其选项功能介绍如图6-8所示，这一调板主要用于设置文字段落的格式。勾选☑连字复选项，允许使用连字符连接单词。

图6-8　【段落】调板

使用 T 工具或 T 工具，可以方便灵活地在图像中添加文字效果，但如果是新创建的文字，那么在图像中文字将按当前的选项设置创建；如果要修改文字，则必须先选中文字后再修改选项栏或调板中的选项。

6.1.2 创建文字图像和选区

在Photoshop CS5中创建文字图像和文字选区的操作非常简单，这里仅做简单介绍。

一、创建点文字

在Photoshop CS5中可以直接沿直线创建文字，也可以沿指定的路径创建文字，用这两种方法创建的文字称作点文字。

(1) 直接沿直线创建文字。

选择工具箱中的 T 工具或 T 工具，在图像窗口中单击，即可从鼠标单击的位置开始输入文字，文字的输入、编辑和修改方法与Word、WPS等软件中的文字编辑方法一样，这里不再详细介绍。文字使用的格式为输入前选项栏中设定的格式，如果要对文字格式进行修改，必须先选中要修改的文字，然后再在选项栏中进行修改。

(2) 沿指定的路径创建文字。

在Photoshop CS5中沿路径创建文字的基本操作步骤如下。

1. 在图像中创建路径。
2. 选择工具箱中的【文字】工具。
3. 将鼠标指针移动至路径上，当鼠标指针显示为 形状时单击，从鼠标指针落点处开始输入文字，文字开始的位置出现一个"×"图标。

沿路径创建文字后，利用工具箱中的【路径】工具编辑修改路径，文字的走向也随之发生变化，文字一直紧贴路径。

选择【路径选择】工具 ，将鼠标指针移动至路径中文字开始处的"×"图标上，当鼠标指针显示为 形状时，沿路径拖曳鼠标指针，可以移动文字开始的位置。

二、创建文字选区

选择工具箱中的 T 工具或 T 工具，在图像窗口中单击，图像暂时转换为快速蒙版模式，此时在图像中输入文字，实际上是在编辑快速蒙版。文字编辑完成后，单击选项栏中的 按钮，图像将回到标准编辑模式，刚编辑的文字将会转为选区。

使用 T 工具或 T 工具建立选区后，就无法再对文字进行编辑了，所以在回到标准编辑模式前，一定要确认需要的选区效果已经完成。

 如果已经创建好了文字选区又要对选区的大小、角度和位置进行调整，可以使用菜单中的【选择】/【变换选区】命令，对文字选区进行自由变形。

6.1.3 创建段落文字

段落文字就是创建在文字定界框内的文字，文字定界框的作用是通过【文字】工具在图像中划出一个矩形区域，在该区域内创建文字和文字段落，使用文字定界框可以限定图像中文字出现的范围和位置。本节将学习如何在图像中创建和编辑文字定界框。

一、利用任意大小的文字定界框创建段落

选择工具箱中的 T 工具或 T 工具，在图像中拖曳鼠标指针，图像中将会生成一个文字定界框，随后输入的文字将在定界框内自动换行显示。

如果输入的文字过多，超出定界框范围的文字就会被隐藏。

利用 T 工具创建的文字定界框效果如图6-9所示，其中输入的文字为"这是一个文字定界框内的段落，其中有部分内容因超过定界框而被隐藏"，"被隐藏"3个字因超出定界框的范围而未显示。单击选项栏中的 按钮，确认操作。

二、利用自定大小的文字定界框创建段落

选择工具箱中的 **T** 工具或 **I T** 工具，按住<Alt>键，在图像中拖曳鼠标指针，弹出如图6-10所示的【段落文字大小】对话框，可以在该对话框中设置文字定界框的大小。

图6-9　文字定界框

图6-10　【段落文字大小】对话框

按住<Shift>键，可以创建正方形的文字定界框。

三、调整文字定界框

文字定界框的调整有点类似于前面学过的变形定界框，操作非常简单，这里不再详细介绍。文字定界框内的文字显示随界框形态的改变自动调整。

6.1.4　【图层】/【文字】菜单命令

在Photoshop CS5的菜单中，有一组专门用于处理文字的菜单命令。在【图层】调板中选择一个文字层，选择菜单栏中的【图层】/【文字】命令，弹出的次级菜单如图6-11所示。

如果当前文字不是段落文字，可选择【转换为段落文本】命令，将当前文字层中的文字转为段落文字。如果当前文字是段落文字，则【转换为段落文本】命令将显示为【转换为点文本】命令，选择此命令，当前文字层中的段落文字将转换为普通文字。

打开一个含有文字层的图像时，如果当前计算机中没有文字层中文字使用的字体，系统将弹出如图6-12所示的系统提示框，此时在【图层】调板中缺少字体的文字层缩览图右下角会出现一个 ⚠ 图标。选择【图层】/【文字】/【替换所有缺欠字体】命令，可以用当前计算机中现有的字体替换缺少的字体。

在【图层】调板中选择一个文字层，然后选择【图层】/【栅格化】/【文字】命令，可以将当前文字层转换为普通层。

图6-11　【图层】/【文字】菜单命令

图6-12　系统提示框

6.1.5　【裁剪】工具、【切片】工具和【切片选择】工具

除了前面讲解的工具以外，Photoshop CS5工具箱中还包括【裁剪】工具、【切片】工具和【切片选择】工具等。在实际工作中，这些工具的使用会起到意想不到的点睛效果。

一、【裁剪】工具

【裁剪】工具 🔲 主要用来将图像中多余的部分剪切掉，只保留需要的部分，在裁剪的同时还可以对图像进行旋转、扭曲等变形修改。此外还可以利用 🔲 工具直接设置裁剪后图像的

像素和分辨率。选择 ![]工具的快捷键为<C>键。在工具箱中选择 ![]工具后，选项栏如图6-13所示。

| ![] ▾ | 宽度: | ⇄ 高度: | 分辨率: | 像素/英寸 ▾ | 前面的图像 | 清除 |

图6-13 ![]工具选项栏

在图像中要保留的图像上拖曳鼠标指针，图像中将会生成一个裁剪框，其形态与前面所学的对图像进行扭曲变形时的定界框相似。此时的选项栏如图6-14所示。

| ![] ▾ | 裁剪区域: ⦿ 删除 ○ 隐藏 | 裁剪参考线叠加: 三等分 ▾ | ☑ 屏蔽 颜色: ■ 不透明度: 75% ▸ | | ⊘ ✓ |

图6-14 在图像中设置裁剪框后的选项栏

在【裁剪区域】内点选【删除】单选项，才可以将裁剪框外的图像删除。若点选【隐藏】单选项，则实际上是裁剪画布，图像并没有被裁剪，只是将裁剪的部分隐藏在画布之外，在图像窗口中移动图像可以显示隐藏的部分。

> **提示** 无论设置的裁剪框的形态多么不规则，执行裁剪后，软件都会自动将保留下来的图像调整为规则的矩形图像，如图6-15所示。

图6-15 图像裁剪前后的形态

调整裁剪框形态的方法与调整定界框的方法相似，这里不再详细介绍。将鼠标指针移动至裁剪框内部，拖曳鼠标指针可以移动裁剪框的位置。在裁剪框内双击，或按<Enter>键，可以确认对图像的裁剪操作；按<Esc>键，可以取消裁剪操作。

二、【切片】工具

Photoshop CS5中的【切片】工具 ![] 和【切片选择】工具 ![] 是特别针对网络应用开发的，使用它们可以将较大的图像切割为几个小图像，便于在网上发布，提高网页打开的速度。

> **提示** 选择 ![]工具、![]工具和 ![]工具的快捷键为<C>键，反复按<Shift>+<C>组合键可以在 ![]工具、![]工具和 ![]工具间进行切换。

【切片】工具的功能比较多，这里将【切片】工具 ![] 和【切片选择】工具 ![] 分开介绍。![]工具主要用于在图像中创建切片，![]工具主要用于编辑切片。

(1) 【切片】工具选项栏。

选择工具箱中的【切片】工具 ![]，选项栏如图6-16所示。

| ![] ▾ | 样式: | 正常 ▾ | 宽度: | 高度: | 基于参考线的切片 |

图6-16 ![]工具选项栏

- 【样式】下拉列表中有3个选项，选择不同的选项，可以在图像中建立不同大小与比例的切片。

- 基于参考线的切片 按钮只有在图像窗口中设置了参考线时才可使用。单击该按钮，可以根据当前图像中的参考线创建切片。

(2) 创建切片。

创建切片的方式通常有两种。一种是根据参考线进行切片，这种切片方式比较精确；另一种是利用【切片】工具直接在图像中拖曳鼠标指针，这种方式比较灵活，但切片的位置和排列不够精确。

三、【切片选择】工具

【切片选择】工具主要用于对切片进行各种设置，如切片的堆叠、选项设置、激活、分割、显示或隐藏等。选择【切片选择】工具后的选项栏如图6-17所示。

图6-17　工具选项栏

下面根据其功能来分别介绍这些选项。

(1) 显示/隐藏切片。

在创建切片的时候，如果从图像左上角开始创建片，切片左上角默认的编号显示为【01】；如果从其他位置开始创建，则新创建切片的编号就可能是【02】或【03】。切片的默认编号是从左上角开始的，系统将会对所有切片（包括隐藏切片）进行编号。

当在图像中创建切片时，只有拖曳鼠标指针生成的切片是被激活的，其他自动产生的切片就是自动切片，自动切片默认是隐藏的。单击 显示自动切片 按钮，即可将自动切片显示出来，自动切片的边线显示为虚线。此时再单击 隐藏自动切片 按钮，即可将自动切片再次隐藏起来。

(2) 调整切片大小。

选择工具，将鼠标指针移动至当前切片的边线或四角上，当鼠标指针显示为双箭头时拖曳，可以通过移动切片边线的位置来调整切片的大小。按<Delete>键，可以删除当前切片。

(3) 激活再切片。

当自动切片左上角的编号显示为灰色时，表示该切片没有被激活，此时切片的部分功能不能使用。要使这些切片功能可以使用，只要在图像窗口中单击要激活的切片将其选择，再单击选项栏中的 提升 按钮，就可以将其激活，此时切片左上角的编号显示为蓝色。系统默认被选择切片的边线显示为橙色，其他切片的边线显示为蓝色。

(4) 设置切片堆叠顺序。

每个切片之间有一定的堆叠顺序，选项栏左侧的4个按钮，就是用来设置切片堆叠顺序的。在图像中选择要设置堆叠的切片，可以分别单击上述按钮，完成相应操作。

(5) 平均分割切片。

用户可以将现有的切片进行平均分割。选择工具后，在图像窗口中选择一个切片，单击选项栏中的 划分... 按钮，弹出的【划分切片】对话框如图6-18所示。

图6-18　【划分切片】对话框

(6) 将切片的图像保存为网页。

选择【文件】/【存储为Web所用格式】命令，弹出的【存储为Web所用格式】对话框如图6-19所示。根据此对话框可完成GIF、JPEG和PNG文件格式的最佳存储。

图6-19 【存储为Web所用格式】对话框

单击【存储为Web所用格式】对话框中的【存储】按钮，将弹出【将优化结果存储为】对话框。对各选项进行相应设置后，单击 保存(S) 按钮，即可进行保存。

6.1.6 【吸管】工具、【颜色取样器】工具和【注释】工具

【吸管】工具 ✐、【颜色取样器】工具 ✐、【标尺】工具 ▭、【注释】工具 ▤ 和【计数】工具 ¹²₃ 是Photoshop CS5中的辅助工具，它们的作用是从图像中获取色彩、数据或其他信息。本节主要讲解一下常用的【吸管】工具 ✐、【颜色取样器】工具 ✐ 和【注释】工具 ▤。

 ✐工具、✐工具、▭工具、▤工具和 ¹²₃ 工具位于工具箱中的同一位置，它们的快捷键为<I>键。反复按<Shift>+<I>组合键，可以实现这5个工具之间的切换。

一、【吸管】工具

利用【吸管】工具 ✐ 可以吸取图像中某个像素点的颜色，或者以拾取点周围多个像素的平均色进行取样，也可以直接从色板中取样，从而改变前景色或背景色。

二、【颜色取样器】工具

【颜色取样器】工具 ✐ 的主要功能是检测图像中像素的色彩构成。在图像中单击，鼠标指针落点处出现一个【色彩样例】图标✛，称为取样点。在同一个图像中最多可以放置4个取样点，每个取样点处像素的色彩构成都显示在【信息】调板中。

选择 ✐ 工具，并打开一幅图像，在图像中单击4次，每单击一次，图像中便出现一个✛图标，其右下角分别标注有"1"、"2"、"3"、"4"，表示它们分别是"#1"、"#2"、"#3"、"#4"取样点。此时，【信息】调板下方显示每个取样点的色彩构成，如图6-20所示。

图6-20 4个取样点的信息

【信息】调板不仅能显示取样点的色彩信息，还可以显示鼠标指针当前所在位置及其所在位置的色彩信息。当图像中没有取样点时，【信息】调板仅显示如图6-20所示上方的4部分内容。其中左上部显示的是鼠标指针当前所在位置颜色的【RGB】模式值，右上部显示的是鼠标指针当前所在位置颜色的【CMYK】模式值，左下部显示的是鼠标指针当前所在位置的坐标值，右下部显示的是选区的长宽值。

将鼠标指针移动至取样点的位置，当鼠标指针变成 形状时拖曳，就可以调整取样点的位置。按住<Alt>键不放，移动鼠标指针至取样点的位置，当鼠标指针变成剪刀的形状时单击，可以删除该取样点。

三、【注释】工具

使用【注释】工具 ，可以在图像中添加文字注释及作者信息等内容。这些注释只是作者在图像中添加的评论或说明，不会影响图像的最终效果。创建文字注释时，将出现一个大小可调的窗口用于输入文本。选择 工具后的选项栏如图6-21所示。

选择 工具后，在图像中单击可以建立一个 图标，即【注释】图标，此时将会弹出【注释】调板，如图6-22所示，在调板中可输入或编辑注释内容；单击已建立的 图标，即可打开【注释】调板，此时可以对注释内容进行查看或编辑修改。

四、保存含有注释的图像文件

当在图像中添加了文本注释后，如果要在保存图像时同时将这些注释保存，就只能将文件保存为".psd"、".pdf"或".tif"格式，并且保存时要在【存储为】对话框中勾选【注释】复选项。

图6-21　 工具选项栏

图6-22　【注释】调板

6.2　范例解析——制作商业招贴

本节将利用【文字】工具制作一幅商业招贴，其中运用到了字符大小设置、文字颜色设置、段落文字对齐方式及沿路径创建文字等功能，在制作过程中，请注意各个命令的功能及操作方法。该例的最终效果如图6-23所示。

1. 选择【文件】/【新建】命令，弹出【新建】对话框，具体参数的设置如图6-24所示。
2. 选择【文件】/【存储为】命令或按<Ctrl>+<Shift>+<S>组合键，将文件命名为"商业招贴.psd"保存。
3. 选择 工具绘制矩形选区，然后选择【编辑】/【描边】命令，弹出【描边】对话框，

图6-23　商业招贴最终效果

将颜色设置为灰蓝色（R:136,G:152,B:163），其他设置如图6-25所示。描边效果如图6-26所示。

图6-24 【新建】对话框

图6-25 【描边】对话框

4. 按<Ctrl>+<O>组合键，打开本书配套资源"Map"目录下的"高山.jpg"文件，如图6-27所示。

图6-26 描边效果

图6-27 打开"高山.jpg"文件

5. 选择 工具或按<V>键，拖曳图像到"商业招贴.psd"中，如图6-28所示，【图层】调板中将自动生成一个新的图层。

6. 选择【编辑】/【变换】/【缩放】命令，调整图像的大小和位置，效果如图6-29所示。

7. 选择 T 工具，再单击选项栏中的 按钮，弹出【字符】调板，单击【颜色】色块，设置字体颜色为深蓝色（R:5,G:77,B:122），确保 Tr 按钮处于激活状态，其他设置如图6-30所示。

图6-28 拖曳图像到"商业招贴.psd"中

图6-29 调整图像的大小和位置

图6-30 【字符】调板（1）

8. 在文件中单击选择插入点，【图层】调板中将会自动生成一个新的图层，键入字母 "M"，效果如图6-31所示。

9. 在【字符】调板中设置字体颜色为黑色，确保 **Tr** 按钮处于关闭状态，其他设置如图6-32 所示，继续键入 "ountain"，效果如图6-33所示。

图6-31　键入字母 "M"

图6-32　【字符】调板（2）

图6-33　键入 "ountain"

10. 单击选项栏中的【提交所有当前编辑】按钮 ✔，结束文字的输入。

11. 选择【编辑】/【变换】/【旋转90度（逆时针）】命令，并修改选项栏中的【旋转】 △ 角 度为 " - 90"，然后调整文字的位置和大小，效果如图6-34所示。

12. 复制当前的文字图层，把【图层】调板中处于下层的文字颜色改变为白色，并进行文字 位置的调整，效果如图6-35所示。

图6-34　旋转文字

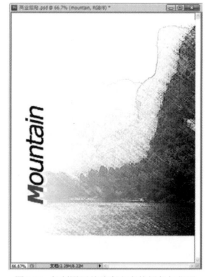

图6-35　复制图层并改变文字的颜色与位置

13. 选择 ✎ 工具或按<P>键，绘制一条路径，按<Esc>键结束绘制，如图6-36所示。

14. 选择 **T** 工具或按<T>键，设置字体为 "黑体"，字体大小为 "6点"，在路径上单击， 【图层】调板中会自动生成一个新的图层，键入文字 "攀越高峰，尽享成功"，如图 6-37所示。

图6-36 绘制路径

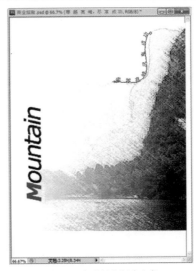

图6-37 在路径上创建文字

15. 单击选项栏中的【提交所有当前编辑】按钮✔，结束文字的输入。

16. 新建一图层，选择▢工具或按<M>键，自由绘制修饰性的色块，如图6-38所示。

17. 按<Ctrl>+<O>组合键，打开配套资源"Map"目录下的 "logo.psd"文件，如图6-39所示。

18. 拖曳logo到"商业招贴.psd"文件中，【图层】调板中将会自动生成一个新的图层，双击新图层名称，更改为"logo"。按<Ctrl>+<T>组合键，调整logo的大小和位置。

19. 用同样的方法键入"Mountain房地产"，【图层】调板中会自动生成新的图层。

20. 新建一图层，使用▢工具绘制一个矩形选区，设置前景色为（R:72,G:46,B:1），然后选择【编辑】/【填充】命令，或者按<Alt>+<Delete>组合键填充前景色。填充效果如图6-40所示。

图6-38 绘制修饰性的色块

图6-39 打开"logo.psd"文件

图6-40 填充颜色

21. 选择 T 工具，设置选项栏中的字体为"黑体"，字体大小为"3点"，单击☰按钮，然后在文件中拖曳出一个定界框，如图6-41所示。键入文字后，确认所有当前编辑，如图6-42所示。

图6-41 定义定界框　　　　　　　　　图6-42 键入文字

22. 按住<Ctrl>键分别单击"logo"图层、"Mountain房地产"图层、填充图层和"地处"图层，选中4个图层后，选择▶┿工具并单击选项栏中的 按钮调整其位置，效果如图6-43所示。
23. 复制"logo"图层和"Mountain房地产"图层，并调整大小和位置，然后在【图层】调板中通过拖曳的方式来调整各图层的堆叠次序，最终效果如图6-44所示。

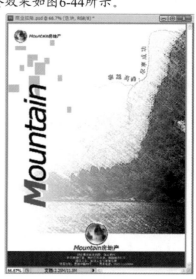

图6-43 执行水平居中对齐　　　　　　图6-44 最终效果

6.3　课堂实训——制作门票

下面通过课堂实训再来巩固一下本次课程所学的知识，加强练习如何运用【文字】工具和【裁剪】、【切片】、【吸管】等工具以及前面所学的工具和命令，创建出各种各样的图案效果。

本次实训将学习利用选区创建工具、【钢笔】工具、【渐变】工具和【文字】工具等制作一张大学生电影节的门票，最终效果如图6-45所示。该练习的制作流程示意图如图6-46所示。

图6-45 电影节门票最终效果

图6-46 制作流程示意图

【操作步骤提示】

1. 新建一个名为"电影节门票"的图像文件，设置参数如图6-46左上角所示。

2. 打开本书配套资源"Map"目录下的"电影节门票素材01.jpg"文件，将其拖入到"电影节门票"文件中，并调整大小和位置，并为自动生成的图层重命名为"底图"。在右侧绘制一个矩形选区，并填充为黄色。

3. 打开本书配套资源"Map"目录下的"电影节门票素材02.jpg"文件，这是一个黑白标志，将其拖入到"电影节门票"文件中，并调整大小和位置。使用【文字】工具输入文字，并与"标志"图层合并。

4. 将合并后的图层载入选区，填充一个竖直方向的灰白渐变，并新建一个图层，做出反光质感。

5. 输入副标题文字，添加"8 px"的白色描边图层混合特效，使用【圆角矩形】工具绘制底部的图形。再次使用【文字】工具输入其他内容，并稍作修饰。

6. 使用【钢笔】工具绘制一条曲线路径，选择【文字】工具，将鼠标指针移动至路径上，当鼠标指针显示为形状时单击，从鼠标指针落点处开始输入标语。

7. 制作副券部分，图形图像可从已做完的图像中复制。

8. 选择【文件】/【存储】命令，本例完成后，保存在附盘"课堂实训"目录中。

6.4 综合案例——制作个人主页

读者可以利用本讲所学的工具，制作出属于自己的网页，或者制作公司的网页及温馨的家庭网页。本节将结合前面所学的知识制作一个简单的个人主页，通过练习使读者重点掌握【文字】工具和【切片】工具等在网页制作中的用法。由于网页的制作需要大家对HTML语言有一定的了解，所以本节案例将不介绍页面输出后的修改及添加链接等。该例的最终效果如图6-47所示。

图6-47　个人主页最终效果

【操作步骤提示】

首先来制作整体图像效果。

1. 执行【文件】/【新建】命令或按<Ctrl>+<N>组合键，新建一个名为"个人主页.psd"的文件，各项具体设置如图6-48所示。

2. 将背景填充为浅灰色。新建一个名为"标题区"的图层，使用【矩形选框】工具绘制选区，并填充从深色橘红（R:138,G:78,B:2）到橘红（R:253,G:102,B:0）的线性渐变，填充完成后的效果如图6-49所示。

图6-48　【新建】对话框

图6-49　填充渐变颜色

3. 新建一个名为"菜单区"的图层，同样绘制菜单区的选区，填充从黑色到60%灰色的线性渐变并制作反光效果，效果如图6-50所示。

4. 打开本书配套资源"Map"目录下的"个人主页素材01.jpg"文件，将其拖入到"个人主页"文件中，并调整大小和位置，将新生成的图层重新命名为"顶部图片"。分别为"标题区"、"菜单区"、"顶部图片"图层添加【描边】和【投影】的图层样式，参数采用默认值，效果如图6-51所示。

图6-50 绘制菜单区域

图6-51 拖动素材图片至文件

5. 在如图6-52所示的位置输入网页标题，并设置字体为"综艺体"，字体大小为"39点"，颜色为白色。继续输入描述文字，设置字体为"黑体"，字体大小为"12点"。

图6-52 输入标题区文字

6. 新建"内容"图层，使用选区创建工具绘制白色内容区域，并添加【投影】图层样式，参数保持默认。效果如图6-53所示。

7. 在菜单区域输入链接文字，设置字体为"宋体"，字体大小为"18点"，选择消除锯齿的方法为"无"，如图6-54所示。

图6-53 绘制内容区域

图6-54 输入菜单区文字

在使用Photoshop CS5制作网页效果图时，正文字体的设置上有些特殊的要求，也就是在字体的选项栏中必须将消除锯齿的方法设置为"无"，且字体一般采用宋体。

8. 利用同样的方法输入正文区域文字，最终效果如图6-55所示。

图6-55 制作内容区域

整个效果做完后，下面要进行的就是切片。使用【切片】工具将图像进行划分。切片过程必须遵循一定的原则，即需要添加超级链接的地方和需要进行文字输入的地方必须切片，但切片在保证不影响使用的情况下要尽量少。本例中切片方案如图6-56所示。

9. 选择【文件】/【存储为Web和设备所用格式】命令，在弹出的【存储为Web和设备所用格式】对话框中设置参数，如图6-57所示。

 GIF图像在网页中是应用非常广泛的一种格式，但是对复杂颜色的表达却力不从心，例如本例中含有照片的图像就最好不要用这种方式保存。

Photoshop CS5的【切片】工具允许用户单独对某个切片进行格式参数设置，读者可以使用【切片选择】工具选中需要特殊保存的切片，在右侧设置该切片的优化参数。

图6-56 切片方案

图6-57 【存储为Web和设备所用格式】对话框参数设置

10. 单击 存储 按钮，保存类型选择【HTML和图像】选项，单击 保存(S) 按钮，将优化结果进行保存，这样就可以将设计好的个人网站效果轻松地变成网页格式了。

6.5 课后作业

使用选区创建工具、【填充】工具、【矩形】工具、【文字】工具和【创建文字变形】命令等，绘制出如图6-58所示的标志图像。操作时请参照本书配套资源"课后作业"目录下的"标志.psd"文件。

图6-58 标志图像效果

该练习的制作流程示意图如图6-59所示。

【操作步骤提示】

(1) 新建一个名为"标志"的图像文件，设置的参数如图6-59左上角所示。

(2) 利用 工具分别绘制3个圆形选区，颜色分别填充为蓝色（R:90,G:90,B:143）、桃红色（R:147,G:45,B:96）和白色，对最小的白色圆形进行描边，宽度设为"8 px"，颜色为蓝色（R:90,G:90,B:143）。

1. 新建图像文件　　2. 绘制3个不同颜色的圆形　　3. 【变形文字】对话框参数设置（1）

6. 添加锚点调整矩形形态　　5. 绘制圆角矩形　　4. 文字变形效果

7. 为变形的形状描边并添加文字　　8. 【变形文字】对话框参数设置（2）　　9. 完成最终效果

图6-59　制作流程示意图

(3) 利用 **T** 工具输入文字"桔子俱乐部"，设置文字字体为"黑体"，字体大小为"12点"，单击【创建文字变形】按钮 **1**，为文字创建【扇形】变形效果，参数设置及效果如图6-59中所示。

(4) 使用【圆角矩形】工具在下方绘制一个长条矩形，颜色填充为亮黄色。显示并添加参考线，使用【添加锚点】工具分别在长条矩形上下边上添加多个锚点，并选择中间锚点分别向上和向下移动，调整路径的弧度以改变矩形形状。

(5) 对调整后的矩形形状进行描边，宽度设为"12px"，颜色为粉红色（R:200，G:45，B:95）。

(6) 再次利用 **T** 工具输入英文文字，设置文字字体为"Times New Roman"，字体大小为"22点"，单击【创建文字变形】按钮 **1**，为文字创建【凸起】变形效果，参数设置及最终效果如图6-59所示。

(7) 选择【文件】/【存储】命令，保存文件。

第 **7** 讲
通道和蒙版的应用

对于初学者来说，通道和蒙版是Photoshop CS5中较难理解的内容。在学习通道和蒙版的过程中，有很多概念性的东西要记住，本次课程将主要介绍通道和蒙版命令的相关知识及应用，读者在学习时可将重点放在对基本使用方法和功能的学习上，原理方面的知识只要大概了解就可以了。

【本讲课时】

本讲课时为4小时。

【教学目标】

- ● 掌握通道的基本概念和【通道】调板的用法。
- ● 掌握蒙版的基本概念和【蒙版】调板的用法。
- ● 掌握图层蒙版的用法。
- ● 掌握矢量蒙版的用法。
- ● 掌握快速蒙版的用法。

7.1 功能讲解

通道和蒙版的主要功能是可以快速地创建或存储选区，并对复杂图像的选取或制作图像的特殊效果非常有帮助。通道是用来存储图层选取信息的又一特殊图层，在通道上同样可以进行绘图及编辑等操作。

在实际的设计工作中，对图像的调整、删除等操作若直接作用在图像上，在经过很多次操作后对前期某步的调整不满意，再来重新开始调整会很费事，因此通常会使用蒙版功能来避免这种情况，利用蒙版可以在不破坏图像的前提下，对图像进行灵活编辑。

7.1.1 通道的基本概念

在Photoshop中，通道主要用来保存图像的色彩信息和选区，可分为3种类型，即颜色通道、Alpha通道和专色通道。颜色通道主要用来保存图像的色彩信息，Alpha通道主要用来保存选区，专色通道主要用来保存专色。在本节的学习中将会具体介绍这部分内容。

一、颜色通道

保存图像颜色信息的通道称为颜色通道，每个图像都有一个或多个颜色通道，图像中默认的颜色通道数取决于其颜色模式。例如，CMYK图像默认有4个通道，分别代表青色、洋红、黄色和黑色信息。默认情况下，位图模式、灰度、双色调和索引颜色图像只有一个通道，RGB和Lab图像有3个通道，CMYK图像有4个通道。

每个颜色通道都存放着图像中颜色元素的信息，所有颜色通道中的颜色叠加混合产生图像中像素的颜色。读者可将通道看作为印刷中的印版，即单个印版对应每个颜色图层。

为了便于理解通道的概念，下面以RGB模式图像为例，简单介绍颜色通道的原理。在图7-1中，上面3层代表红（R）、绿

（G）、蓝（B）3色通道，最下一层是最终的图像颜色，这一层的图像像素颜色是由R、G、B这3个通道与之对应位置的颜色混合而成的。图中4处的像素颜色是由1、2、3处通道的颜色混合而成，这有点类似于调色板，几种颜色调配在一起将产生新的颜色。

图7-1 通道图解

在【通道】调板中通道都显示为灰色，它通过不同的灰度，表示0～255级亮度的颜色。因为通道的效果较难控制，通常不直接修改颜色通道来改变图像的颜色。

除了默认的颜色通道外，还可以在图像中创建专色通道，例如在图像中添加黄色、紫色等通道。在图像中添加专色通道后，必须将图像转换为多通道模式。

二、Alpha通道

除了颜色通道外，还可以在图像中创建Alpha通道，以便保存和编辑蒙版及选区。用户可以在【通道】调板中创建Alpha通道，并根据需要进行编辑，然后再调用选区；也可以在图像中建立选区后，选择【选择】/【存储选区】命令，将现有的选区保存为新的Alpha通道。

Alpha通道也使用灰度表示。其中白色部分对应100%选择的图像，黑色部分对应未选择的图像，灰色部分表示相应的过渡选择，即选区有相应的透明度。Alpha通道也可以转换为颜色通道。

三、专色通道

专色通道是一种特殊的通道，主要用来保存专色油墨。专色是用于替代或补充印刷

色（CMYK）的特殊的预混油墨，如金属质感的油墨、荧光油墨等。通常情况下，专色通道都是以专色的名称来命名的。

7.1.2 【通道】调板

在Photoshop提供的【通道】调板中可以创建、保存和管理通道，并观察编辑效果。【通道】调板上列出了当前图像中的所有通道，最上方是复合通道（在RGB、CMYK和Lab图像中，复合通道为各个颜色通道叠加的效果），然后是单个颜色通道、专色通道，最后是Alpha通道。

一、在【通道】调板中观察颜色通道

选择【文件】/【打开】命令，在弹出的【打开】对话框中选择本书配套资源"Map"目录下的"RGB.psd"文件，这是事先做好的一幅RGB模式的图像，其中包含6个颜色范例图案。图7-2中标出的【R】、【G】、【B】值为其对应圆形的颜色值。

此时【通道】调板的效果如图7-3所示。左侧是通道内容的缩略图，编辑通道时它会自动更新；右侧是通道的名称。其中【选区】通道是Alpha通道，该通道保存了一个矩形的选区。

图7-2 打开的颜色图像   图7-3 【通道】调板

通过观察每个通道可以看到，在每个通道中，该通道保存的颜色为"100％"（也就是其值为"255"）的部分为白色，保存的颜色为"0％"（也就是其值为"0"）的部分为黑色。以【红】通道为例，图像中绿色、蓝色和淡蓝色图像处红色的值为"0"，所以【红】通道中这3种颜色处显示为黑色。注意，白色的【R】、【G】、【B】值都是"255"，所以3个通道中白色背景的部分都显示为白色。

读者可以在【通道】调板中分别单击【红】、【绿】、【蓝】通道，将它们逐个选择，每选择一个通道就观察一下图像窗口，此时图像窗口中显示的是当前选择通道的效果。观察图像窗口时，要注意每个通道中黑色圆形的数量和位置，对照前面所学的内容，分析为什么会出现这种结果。最后单击最上方的复合通道，即【RGB】通道，再观察图像窗口，可以看到完整的图像重新显示出来。

二、从通道载入选区

按住<Ctrl>键，在【通道】调板上单击通道的缩略图，可以根据该通道在【图像】窗口中建立新的选区。

三、【通道】调板的功能

下面来详细介绍【通道】调板的功能。

(1) 功能按钮。

【通道】调板下方有4个功能按钮，将鼠标指针移至按钮图标处即会出现按钮的功能介绍，单击相应的按钮，完成相应的设置，如图7-3所示。

(2) 通道的基本操作。

通道的创建、复制、移动堆叠位置（只有Alpha通道可以移动）和删除操作与图层相似，这里就不再详细介绍。

(3) 【通道】调板菜单命令。

单击【通道】调板右上角的 按钮，弹出的菜单命令如图7-4所示。

(4) 创建新Alpha通道。

【新建通道】命令用于创建新的Alpha通道，选择该命令，弹出的对话框如图7-5所示。

图7-4 【通道】调板菜单命令　　　　图7-5 【新建通道】对话框　　　　图7-6 【复制通道】对话框

(5) 复制通道。

【复制通道】命令用来对当前通道进行复制，使用该命令复制出的新通道是Alpha通道。在【通道】调板中选择除复合通道外的其他任意一个通道，如在【通道】调板中选择"RGB.psd"文件中的【红】通道，选择【复制通道】命令，弹出的【复制通道】对话框如图7-6所示。

(6) 删除通道。

【删除通道】命令用于删除多余的通道，在【通道】调板中选择要删除的通道并选择该命令，可以将当前被选择的通道删除。

(7) 新建专色通道。

使用【新建专色通道】命令可以创建一个新的颜色通道，这种颜色通道只能在图像中产生一种颜色，所以也称专色通道。选择【新建专色通道】命令，弹出的【新建专色通道】对话框如图7-7所示。

(8) 合并专色通道。

【合并专色通道】命令只有在图像中创建了新的专色通道后才可用。图像中颜色通道的数量和类型是受图像的颜色模式控制的，使用该命令可以将新的专色通道合并入图像默认的颜色通道中。

(9) 设置通道选项。

【通道选项】命令只有在选择了Alpha通道和新创建的专色通道时才起作用，它主要用来设置Alpha通道和专色通道的选项。如果当前选择了Alpha通道，则选择【通道选项】命令，弹出的【通道选项】对话框如图7-8所示。如果当前选择的是专色通道，选择【通道选项】命令，弹出的【专色通道选项】对话框如图7-9所示，它的选项比较明确，这里不再详细介绍。

图7-7 【新建专色通道】对话框　　图7-8 Alpha通道的【通道选项】对话框　　图7-9 【专色通道选项】对话框

(10) 分离通道。

选择【分离通道】命令可以将该图像中的每一个通道分离为一个单独的灰度图像。

(11) 合并通道。

要使用【合并通道】命令必须满足3个条件。一是要作为通道进行合并的图像的颜色模式必须是灰度的；二是这些图像的长度、宽度和分辨率必须完全相同；三是它们必须是已经打开的。选择【合并通道】命令，【合并通道】对话框如图7-10所示。

单击【合并通道】对话框中的 确定 按钮，可以在弹出的【合并RGB通道】对话框中选择使用哪一个文件作为颜色通道，如图7-11所示。单击 模式(M) 按钮，可以回到【合并通道】对话框重新进行设置。

图7-10 【合并通道】对话框　　　　　　图7-11 指定通道

7.1.3 通道练习实例

用户在使用通道时最常用到的是利用通道存储和调用选区的功能，利用通道可以在复杂的图像中选择特殊图形。下面通过一个简单的范例来学习利用通道选择图像并去除背景。

通道的练习——利用通道抠图

在该练习中，需要利用通道来将人物的背景去掉。因为图中人物头发比较零碎，使用前面学过的知识来去除背景都不是很方便，原图与去除背景后的效果如图7-12和图7-13所示。

图7-12 原图　　　　　　　　　　图7-13 去除背景的效果

1. 选择【文件】/【打开】命令，打开本书配套资源"Map"目录下的"人物01.jpg"文件。
2. 选择【文件】/【存储为】命令，将当前图像命名为"抠图.psd"保存。
3. 在【图层】调板中将背景层再复制一层，修改新复制图层的名称为"01"。

切换到【通道】调板，在【通道】调板中依次选择各颜色通道，发现【蓝】通道中人物与背景反差较大，下面利用【蓝】通道进行选择。

4. 在【通道】调板中拖曳【蓝】通道至 按钮上，复制出一个新的Alpha通道。

5. 在【通道】调板中双击新通道的名称，将其重命名为"抠图"。

6. 选择【图像】/【调整】/【亮度/对比度】命令，参数设置如图7-14所示，完成效果如图7-15所示。

图7-14　【亮度/对比度】对话框参数设置　　　　图7-15　完成效果（1）　　　　图7-16　【阈值】对话框参数设置

7. 选择【图像】/【调整】/【阈值】命令，参数的设置如图7-16所示，完成的效果如图7-17所示。

8. 设置前景色为黑色，背景色为白色，单击工具箱中的 按钮，设置合适的画笔大小，将画面绘制成如图7-18所示的效果。

9. 按住<Ctrl>键，单击【通道】调板中的【抠图】通道，将其载入选区。

图7-17　完成效果（2）　　　　　图7-18　绘制效果　　　　　图7-19　去除背景后的效果

10. 将前景色设置为亮黄色，并填充选区，最终效果如图7-19所示。

7.1.4　蒙版的基本概念

在Photoshop中，蒙版主要用来控制图像的显示区域。用户可以用蒙版来隐藏不想显示的区域，但并不会将这些内容从图像中删除。因此，运用蒙版处理图像是一种非破坏性的编辑方式。

Photoshop提供了3种类型的蒙版，即图层蒙版、剪贴蒙版和矢量蒙版。在图像中，图层蒙版的作用是根据蒙版中的灰度信息来控制图像的显示区域；剪贴蒙版是通过一个对象的形状来控制其他图层的显示区域；矢量蒙版是通过路径和矢量形状来控制图像的显示区域。

7.1.5　【蒙版】调板

Photoshop中的【蒙版】调板可以用于调整选定的滤镜蒙版、图层蒙版以及矢量蒙版的不透明度和羽化范围。【蒙版】调板如图7-20所示。

- 当前选择的蒙版 像素蒙版：显示了在【图层】调板中选择的当前蒙版类型，此时可以在【蒙版】调板中对其进行编辑。

- 图标：单击 按钮可以添加图层蒙版，单击 按钮可以添加矢量蒙版。

图7-20 【蒙版】调板

图7-21 图层蒙版

7.1.6 图层蒙版

在图像中，图层蒙版的作用是根据蒙版中颜色的变化使其所在层图像的相应位置产生透明效果。图层蒙版中使用灰度颜色，其中，当前图层中与蒙版的白色部分相对应的图像不产生透明效果，与蒙版的黑色部分相对应的图像完全透明，与蒙版的灰色部分相对应的图像根据其灰度产生相应程度的透明效果。如图7-21所示，添加蒙版后，在图层缩略图右侧会添加蒙版的缩略图，中间是链接图标 。

- 单击图层缩略图，当缩略图以白边显示时，表示当前编辑的是图像内容。
- 单击蒙版缩略图，当缩略图以白边显示时，表示当前编辑的是蒙版内容。
- 图标：当显示该图标时，表示图层与蒙版存在链接关系，移动其中任意一个，另一个也会同样移动。单击该按钮，使其隐藏显示，则两者取消链接关系，移动任意一个，另一个不受影响。

一、创建图层蒙版

创建图层蒙版的方法有两种。

- 在图像中建立选区，单击【图层】调板中的【添加图层蒙版】按钮 ，即在当前图层上创建图层蒙版，默认添加的图层蒙版显示选区内的图像。
- 在图像中建立选区，选择【图层】/【图层蒙版】命令，在弹出的子菜单中选择【显示全部】命令，当前图层中的图像将会全部显示，图层蒙版全部为白色。

在【图层】调板中单击图层蒙版缩览图，此时处于对图层蒙版的编辑状态。

二、停用/启用图层蒙版

有以下两种方法停用图层蒙版。

- 在【图层】调板的图层蒙版缩览图上单击鼠标右键，在弹出的快捷菜单中选择【停用图层蒙版】命令，图层蒙版即被停用，失去作用，此时图层蒙版缩览图上出现一个红色的"×"号。
- 选择【图层】/【图层蒙版】/【停用】命令，也可以停用图层蒙版。

如果当前图层蒙版已经被停用，可进行以下操作。

- 在【图层】调板的图层蒙版缩览图上单击鼠标右键，在弹出的快捷菜单中选择【启用图层蒙版】命令，图层蒙版将被重新启用，此时图层蒙版缩览图上的"×"号消失。
- 选择【图层】/【图层蒙版】/【启用】命令，也可以重新启用图层蒙版。

三、删除图层蒙版

删除图层蒙版的方法有两种。

- 在【图层】调板的图层蒙版缩览图上单击鼠标右键，在弹出的快捷菜单中选择【删除图层蒙版】命令，此时图层蒙版将被删除，原图像不受影响。
- 选择【图层】/【图层蒙版】/【删除】命令，也可以删除图层蒙版。

四、应用图层蒙版

应用图层蒙版的方法有两种。

- 在【图层】调板的图层蒙版缩览图上单击鼠标右键，在弹出的快捷菜单中选择【应用图层蒙版】命令，此时图层蒙版将被删除，原图像只保留使用图层蒙版时可见的部分，其他部分也被删除。
- 选择【图层】/【图层蒙版】/【应用】命令，也可以应用图层蒙版。

7.1.7 矢量蒙版

矢量蒙版是由钢笔或形状工具创建的与分辨率无关的蒙版，它通过路径和矢量形状来控制图像的显示区域，可以任意缩放。常用来创建各种形状的画框、Logo、按钮、面板等设计元素。

选择【自定形状】工具 ，在工具选项栏中单击【路径】按钮 ，再单击【形状】按钮，可以在弹出的【形状】面板中选择需要的自定义形状效果，单击并拖曳鼠标指针便可以绘制该形状。再选择【图层】/【矢量蒙版】/【当前路径】命令，即可基于当前路径创建矢量蒙版，路径区域之外的图像便会被蒙版遮挡，添加矢量蒙版后的图层形态以及添加蒙版效果如图7-22和图7-23所示。

图7-22 矢量蒙版图层

图7-23 添加蒙版效果

- 在【图层】调板中选择添加了矢量蒙版的图层，单击【图层】调板底部的 图标，在弹出的菜单中选择任意一个命令，打开【图层样式】对话框，即可为矢量蒙版添加各种样式。图7-23所示为矢量蒙版添加了【投影】和【描边】效果。
- 创建了矢量蒙版之后，还可以使用路径编辑工具对路径进行编辑，从而改变蒙版的遮盖区域。首先要选择矢量蒙版，使用【路径选择】工具 ，可以选择矢量图形将其移动或删除；选择【编辑】/【变换路径】下的各种命令，可以对矢量蒙版进行各种变换操作，以此改变蒙版的形状。

7.1.8 快速蒙版

在工具箱下方有一个【进入快速蒙版】按钮 ，选择 按钮，将以快速蒙版的方式进行编辑，此时所进行的操作对图像本身不产生作用，而是对当前在图像中产生的快速蒙版进行编辑。再次单击 按钮，将退出快速蒙版的编辑模式，此时所进行的操作对当前图像起作用。

一、快速蒙版与图层蒙版的区别

本节所讲的快速蒙版与上节所讲的图层蒙版并不是同一种功能，读者在学习时要注意区分。

使用图层蒙版需要在【通道】调板中保存蒙版，它的主要功能是根据蒙版中颜色的变化使其所在层图像的相应位置产生透明效果。而使用快速蒙版时，【通道】调板中会出现一个临时的快速蒙版通道，但操作结束后不在【通道】调板中保存该蒙版，而是直接生成选区。快速蒙版常被用来创建各种特殊选区，从而制作出特别的图像效果。

二、使用快速蒙版创建选区

使用快速蒙版创建选区有以下几个基本步骤。
1. 打开或新建一幅图像。
2. 单击工具箱下方的【进入快速蒙版】按钮，进入快速蒙版编辑状态。
3. 利用工具箱中的工具或菜单命令编辑快速蒙版，例如使用工具或工具等对快速蒙版进行编辑。
4. 单击工具箱中的【退出快速蒙版】按钮，回到标准编辑模式，此时图像中出现利用快速蒙版创建的选区，下面再进行的编辑操作将重新对图像起作用。

三、设置快速蒙版选项

双击工具箱中的 按钮，弹出的【快速蒙版选项】对话框如图7-24所示。

- 点选【被蒙版区域】单选项，快速蒙版中不显示色彩的部分将作为最终的选区；点选【所选区域】单选项，快速蒙版中显示色彩的部分作为最终的选区。

图7-24 【快速蒙版选项】对话框

- 【颜色】色块决定快速蒙版在【图像】窗口中显示的色彩。【不透明度】值决定快速蒙版的最大不透明效果值。

7.2 范例解析——创意图片制作

该例通过制作创意照片介绍蒙版与通道的基本使用方法，其基本步骤是首先使用通道抠取图像，再使用蒙版与图层的混合模式将两幅图片进行重新组合。最终效果如图7-25所示。
1. 选择【文件】/【打开】命令，打开配套资源"Map"目录下的"蓝天.jpg"文件。
2. 选择【文件】/【存储为】命令，将文件命名为"创意照片.psd"保存。
3. 再次选择【文件】/【打开】命令，打开配套资源"Map"目录下的"鱼.jpg"文件
4. 在【通道调板】中，单击【红】通道，拖曳【红】通道到调板下侧的 按钮上，如图7-26和图7-27所示。

图7-25 创意图片最终效果

图7-26 单击【红】通道

图7-27 复制【红】通道

5. 选择【图像】/【调整】/【色阶】命令或按<Ctrl>+<L>组合键，弹出【色阶】对话框，如图7-28所示。调整对话框中的滑块，如图7-29所示。

图7-28 【色阶】对话框

图7-29 调整滑块

6. 设置后图像效果如图7-30所示。单击工具箱中的 ✐ 工具，涂抹掉多余的白色，如图7-31所示。

图7-30 图像效果

图7-31 涂抹掉多余的白色

图7-32 选择"鱼"

7. 按住<Ctrl>键单击【红副本】通道，选择"鱼"，如图7-32所示。使用 ✐ 工具将选择区域涂白，如图7-33所示。然后再次按住<Ctrl>键，单击【红副本】通道。

8. 单击【通道】调板中的【RGB】通道，返回【图层】调板，选择【选择】/【修改】/【羽化】命令，设置【羽化半径】为"5"，效果如图7-34所示。

9. 利用 ▶ 工具拖曳鱼图像到"创意照片.psd"文件中，如图7-35所示。

图7-33 将选区涂白

图7-34 被选中的鱼

图7-35 拖曳鱼图像到"创意照片.psd"中

10. 复制背景层，调整图层叠放次序，如图7-36所示。更改"背景 副本"图层的混合模式为"滤色"，如图7-37所示。

图7-36 调整图层叠放次序　　　　图7-37 更改图层混合模式　　　　图7-38 添加图层蒙版后的效果

11. 激活"背景 副本"图层，单击【图层】调板下侧的■按钮，效果如图7-38所示。

12. 设置背景色为黑色，选择工具箱中的■工具，设置选项栏中的【不透明度】参数为"40%"，在图像中涂抹，如图7-39所示。

13. 激活"鱼"图层，选择【图像】/【调整】/【色彩平衡】命令，弹出【色彩平衡】对话框，参数的设置如图7-40所示，效果如图7-41所示。

图7-39 使用【橡皮擦】工具涂抹　　　图7-40 【色彩平衡】对话框　　　图7-41 调整色彩平衡后的效果

14. 激活"背景"图层，选择【滤镜】/【扭曲】/【波浪】命令，弹出【波浪】对话框，具体参数的设置如图7-42所示。单击 确定 按钮，效果如图7-43所示。

图7-42 【波浪】对话框　　　　　　　图7-43 选择【波浪】命令后的效果

15. 新建一个图层，绘制圆形选区，填充色为浅蓝色（R:150,G:190,B:200），在【图层】调板中调整【不透明度】参数为"40%"，添加图层样式如图7-44所示，添加后的效果如图7-45所示。

图7-44 添加图层样式

图7-45 选择【内阴影】命令后的效果

16. 按<Ctrl>+<D>组合键，取消选区。使用 工具绘制高光部分，如图7-46所示。复制"气泡"图层，并改变大小及位置，如图7-47所示。

图7-46 给气泡添加高光

图7-47 复制气泡并调整大小和位置

17. 合并3个"气泡"图层，并对其进行色彩平衡调整，参数的设置如图7-48所示，创意图片效果如图7-49所示。

图7-48 【色彩平衡】对话框参数设置

图7-49 选择【色彩平衡】命令后的效果

7.3 课堂实训——遮罩效果制作

下面通过课堂实训再来巩固一下本次课程所学的知识，加强练习如何使用通道和蒙版以及前面所学的各种工具和命令，来创建出丰富多彩的图像效果。

本次实训要求读者制作一种蒙版遮罩的效果，最终效果如图7-50所示。读者可根据此例举一反三，做出更加丰富多变的遮罩效果，以达到灵活运用选区创建工具和蒙版命令的目的。

该练习制作流程图如图7-51所示。

【操作步骤提示】

1. 选择【文件】/【打开】命令，打开本书配套资源"Map"目录下的"人物02.jpg"文件。选择【文件】/【存储为】命令，将当前图像命名为"蒙版遮罩效果.psd"保存。

2. 双击背景图层，在弹出的【新建图层】对话框中修改【名称】为"人物"，单击 确定 按钮，将背景图层转化为普通图层。

3. 新建"图层 1"，填充图层为黑色，并调整到最底层。

图7-50　蒙版遮罩效果

4. 选择"人物"图层为当前图层，单击工具箱中的 ⬚ 按钮，将【羽化】值修改为"20"，在图像中创建一个如图7-51所示的选区。

5. 单击【图层】调板底部的 ⬚ 按钮，将自动创建填充好的蒙版，效果如图7-51所示。

6. 单击图层缩略图与蒙版缩略图中间的 🔗 图标，取消图层与蒙版的链接关系。

7. 单击蒙版缩略图，使缩略图的白边显示出来，利用 ▶️ 工具移动蒙版以观察图像区域，查看蒙版的遮罩效果。也可按<Ctrl>+<T>组合键，调整蒙版的形态。读者可参照如图7-51右下角所示调整蒙版的遮罩效果。

8. 新建一个图层，选择 T 工具，添加文字，设置字体为"Arial"、字体大小为"120点"。为文字图层添加【内发光】图层样式，调整参数如图7-51所示。

9. 选择【文件】/【存储】命令，本例完成后，保存在附盘"课堂实训"目录中。

图7-51　制作流程示意图

7.4 综合案例——老照片风格装饰画的制作

读者可以利用本讲所学的命令，制作出各种风格的装饰画。本节将结合多种知识设计制作一幅老照片风格的装饰画，通过练习使读者重点掌握蒙版命令和图层混合模式等命令在装饰画制作中的用法。该例的最终效果如图7-52所示。

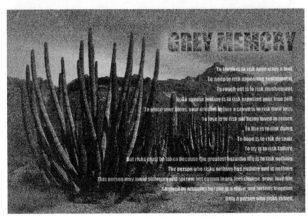

图7-52 老照片风格装饰画效果

【操作步骤提示】

1. 选择【文件】/【打开】命令，打开本书配套资源"Map"目录下的"仙人掌.jpg"文件。

2. 选择【文件】/【存储为】命令，将当前图像命名为"装饰画.psd"保存。

3. 双击背景图层，在弹出的【新建图层】对话框中修改【名称】为"仙人掌"，单击 确定 按钮，将背景图层转化为普通图层。

4. 新建"图层 黑色"图层，填充图层为亮橘色（R:246,G:156,B:0），并调整图层到最底层。

5. 新建"图层 褐色"图层，填充图层为褐色（R:74,G:52,B:8），并调整图层到最顶层，再在【图层】调板左上角的 正常 ▼ 下拉列表中选择"颜色"。

6. 再新建"图层 杂点"图层，填充为灰色（R:170, G:170, B:170），选择【滤镜】/【杂色】/【添加杂色】命令，弹出【添加杂色】对话框，设置【数量】为"30"，勾选【单色】复选框。

7. 再在【图层】调板左上角的 正常 ▼ 下拉列表中选择"颜色加深"，效果如图7-53所示。

8. 选择"仙人掌"图层为当前图层，利用 ⚲ 工具在图像中创建一个如图7-54所示的选区。

9. 选择【选择】/【修改】/【羽化】命令，弹出【羽化选区】对话框，将【羽化半径】值修改为"80"。

图7-53 图层混合后的效果

图7-54 绘制选区

10. 单击【图层】调板底部的 ◙ 按钮，将自动创建填充好的蒙版，效果如图7-55所示。

11. 新建"图层 划痕"图层，并调整图层到"仙人掌"图层之上。

12. 选择 ✐ 工具，参照图7-56所示设置画笔，参照图7-57所示绘制随意效果的划痕。

图7-55 创建蒙版效果（1）

图7-56 画笔设置

13. 选择 ◯ 工具，将【羽化】值修改为"20"，在图像中创建一个如图7-58所示的选区。

图7-57 绘制划痕

图7-58 绘制选区

14. 单击【图层】调板底部的 ◻ 按钮，将自动创建填充好的蒙版，效果如图7-59所示。

15. 新建"图层 文字"图层，并调整图层到"图层 划痕"图层之上，然后输入如图7-60所示的文字。

图7-59 创建蒙版效果（2）

图7-60 输入文字

16. 参照步骤12~13为文字添加划痕效果，效果如图7-61所示。

17. 新建"图层 文字发光"图层，并调整到"图层 文字"图层之上。

18. 载入"图层 文字"的选区，选择【选择】/【修改】/【扩展】命令，将选区扩展量设置为"2 px"，并将选区进行羽化，【羽化半径】设置为"5"。

19. 将前景色修改为白色，填充修改后的选区，并将【图层不透明度】修改为"55"，效果如图7-62所示。

图7-61 文字划痕效果

图7-62 修改图层不透明度后的效果

20. 新建"图层 文字2"图层，输入段落文字，效果如图7-63所示。

21. 复制"仙人掌"图层，并调整图层到所有图层之上。

22. 将复制后的图层的蒙版删除，并将图层混合模式设置为"柔光"，完成后的效果如图
7-64所示。

图7-63　输入段落文字　　　　　　　　　　　　　　图7-64　最终效果

7.5　课后作业

打开本书配套资源"Map"目录下的"女孩.jpg"文件，如图7-65所示。这幅图像显得比较粗糙，请对它进行修改，直至得到如图7-66所示的柔和效果。操作时请参照本书配套资源"课后作业"目录下的"女孩修复.psd"文件。

图7-65　原始照片素材　　　　　　　　　　　　　　图7-66　使图像柔和的效果

【操作步骤提示】

(1) 在图像中选择女孩脸部和脖子，并在【通道】调板中保存选区。

(2) 将选区内的图像再复制生成一个新图层，利用【滤镜】/【模糊】/【高斯模糊】命令对其进行柔化。

(3) 在【通道】调板中选择适当的颜色通道进行复制。

(4) 载入脸部和脖子的选区，并反转选区。

(5) 在新复制的颜色通道中填充白色并取消选区，调整当前通道的亮度和对比度，此命令可执行多次，直到五官与周围皮肤对比较为明显为止。

(6) 在上步调好的通道中载入选区，确认在图像中选择了女孩的五官部分。

(7) 回到复合通道中，在图像中删除模糊的五官效果。

(8) 载入第一步中保存的脸部和脖子选区。

(9) 反转选区，将背景层选区内的图像复制生成一个新图层。

(10) 将新复制的图层进行高斯模糊处理，设置其模式为【柔光】。

第**8**讲
图层的高级应用

本次课程将主要介绍图层的高级应用，这部分内容对于制作一些特殊效果的图像非常有用，特别适用于制作一些有立体效果和特殊形状的图像。另外，这些内容也是Photoshop CS5中相对较难理解的一部分，读者可以通过做练习边操作边理解。

【本讲课时】

本讲课时为6小时。

【教学目标】

● 掌握使用图层样式的方法。

● 掌握使用图层混合模式的方法。

● 学习图层组和图层剪贴组的用法。

● 掌握智能对象的用法。

8.1 功能讲解

在第3讲中简单介绍了图层的基本概念和基本功能，但图层的功能远远不止这些。本次课程将学习图层的高级应用，包括图层样式、图层混合模式、图层组和图层剪贴组等内容。使用图层的高级功能可以使图像获得更加出色的效果。

8.1.1 图层样式

在前面介绍图层类型时曾经讲过，在【图层】调板上某层右侧出现【效果层】图标 *fx* 时，该图层就是一个效果层，在效果层中可以产生立体、发光及填充等效果。所说的效果层实际上就是应用了图层样式的图层。本节就来介绍如何对一个图层应用图层样式。

一、使用图层样式

选择【图层】/【图层样式】/【混合选项】命令，或双击图层缩略图或图层名称右侧的空白处，或单击【图层】调板底部的【添加图层样式】图标 *fx*，均可弹出【图层样式】对话框，如图8-1所示。对话框左侧为图层样式选项列表区，在该对话框中可以设置多个图层样式；中间为参数设置区，在此可以设置各个图层样式的参数，从而获得不同的图层样式效果；右侧为预览区，用户能够在设置参数时实时预览到参数调整对整体效果的影响。

【混合选项】默认的图层样式包括【投影】、【内阴影】、【外发光】、【内发光】、【斜面和雕塑】、【光泽】、【颜色叠加】、【渐变叠加】、【图案叠加】及【描边】10种效果，选中不同的选项后，相应的参数设置及选项栏会随之更新，通过设置不同的参数会产生不同的图层样式效果。

在【图层样式】对话框左侧单击【样式】选项，右侧更新为Photoshop CS5提供的默认样式列表，如图8-2所示。单击相应的样式就可将其应用到当前图层中，单击列表中的 图标可以取消当前图层应用的样式。

图8-1 【图层样式】对话框

图8-2 图层样式列表

二、保存图层样式

除了Photoshop CS5自带的预设图层样式外，用户还可以将已设置好的图层样式定义为新的预设样式，可以在其他文件或以后的工作中调入使用，以便于提高工作效率。

选择【窗口】/【样式】命令，即可打开【样式】调板，【样式】调板用来保存、管理和应用图层样式。图8-3所示为原【样式】调板和新添加样式后的【样式】调板。

三、【图层】/【图层样式】命令

选择【图层】/【图层样式】命令，弹出如图8-4所示的子菜单，其中【投影】命令左侧有一个"√"，这表示当前图层已应用【投影】样式。一个图层中可能同时使用多种图层样式效果，如果要取消某一种效果，只要再次单击相应的菜单命令，将其左侧的"√"取消即可。

图8-3 【样式】调板　　　　　　　　　　　图8-4 【图层】/【图层样式】命令

四、复制、粘贴和清除图层样式

在Photoshop CS5中，图层样式与图像、文字一样，也可以对其进行复制和粘贴的操作，图8-4中的第3组命令就是对图层样式进行复制、粘贴和清除操作。除了在同一文件的不同图层间进行图层样式的复制、粘贴外，还可以在不同文件的图层间进行。

五、图层样式的全局设置

除了对图层样式中的各个效果进行单独设置外，还有一些可以对整体效果进行设置的命令，这些命令称为图层样式的全局设置命令。图8-4中的最后一组命令就是对图层样式进行全局设置的命令。

8.1.2 图层混合模式

图层混合模式将决定当前图层中的像素与其下面图层中的像素以何种模式进行混合。在【图层】调板左上角有一个图层混合模式下拉列表 正常，在此列表中包括6组共27种图层混合模式选项，选择不同的选项可以将当前图层设为不同的混合模式，从而产生不同的画面效果，但不会对图像造成任何破坏。在下面介绍图层模式的时候，会反复使用3个术语：基色、混合色和结果色，为了使读者能够更好地理解这部分内容，首先对这3个术语进行介绍。

- 基色：是指当前图层之下的图层颜色。
- 混合色：是指当前图层的颜色。
- 结果色：是指混合后得到的颜色。

下面就来具体介绍一下各种图层模式。

一、两种基本模式

(1) 【正常】模式：在【正常】模式下编辑或绘制的每个像素，都将直接成为结果色。

这是默认的模式，也就是图像原来的状态，效果如图8-5所示。降低不透明度可以使其与下面的图层混合。在处理位图或索引颜色图像时，【正常】模式也称为阈值。

(2) 【溶解】模式：使用【溶解】模式，Photoshop会将当前图层中部分结果色以基色和混合色进行随机替换，替换的程度取决于该像素的不透明度。使用【溶解】模式往往在图像中产生杂点的效果，如图8-6所示。

二、下面5种模式能使图像产生变暗的效果

(1) 【变暗】模式：使用【变暗】模式是将两个图层中颜色较深的像素覆盖颜色较浅的像素，从而使整个图像产生变暗的效果，如图8-7所示。

图8-5 【正常】模式　　　　　　图8-6 【溶解】模式　　　　　　图8-7 【变暗】模式

(2) 【正片叠底】模式：【正片叠底】模式根据混合图层图像的颜色，产生相对较暗的整体效果。在【正片叠底】模式中，任何颜色与黑色混合之后产生黑色，任何颜色与白色混合则颜色保持不变。效果如图8-8所示。

(3) 【颜色加深】模式：【颜色加深】模式是将两个图层的颜色混合得暗一些，混合后通过增加对比度加强深色区域，底层图像的白色保持不变，使得图像整体变得鲜亮，效果如图8-9所示。

(4) 【线性加深】模式：【线性加深】模式通过减小亮度使基色变暗以反映混合色，在混合图层图像的颜色变暗时，背景色也将变暗。两个颜色混合时，颜色将保持比较清晰的状态，两个图像都能均等地表现，效果如图8-10所示。

图8-8 【正片叠底】模式　　　　图8-9 【颜色加深】模式　　　　图8-10 【线性加深】模式

(5) 【深色】模式：【深色】模式通过比较混合色和基色的所有通道值的总和，并从中选择最小的通道值来创建结果颜色，从而使整个图像产生变暗的效果，如图8-11所示。

三、下面5种图层模式能使图像产生变亮的效果

(1) 【变亮】模式：与【变暗】模式相反，它是通过比较基色与混合色，将比混合色暗的像素替换，而比混合色亮的像素不改变，从而使整个图像产生变亮的效果，如图8-12所示。

(2) 【滤色】模式：与【正片叠底】模式是相反的，它是查看每个通道的颜色信息，用

黑色过滤时背景颜色保持不变，用白色过滤时将产生白色。【滤色】模式产生的图像效果总是相对较亮，效果与多个幻灯片交互投影的效果相似即可，如图8-13所示。

图8-11 【深色】模式

图8-12 【变亮】模式

图8-13 【滤色】模式

(3) 【颜色减淡】模式：与【颜色加深】模式相反，使用【颜色减淡】模式可使图层的亮度增加，颜色减淡，效果比【滤色】模式更加明显，效果如图8-14所示。

(4) 【线性减淡（添加）】模式：使用此模式，查看每个通道中的颜色信息，并通过增加亮度使基色变亮以反映混合色，与黑色混合则不发生变化，效果如图8-15所示。

(5) 【浅色】模式：【浅色】模式通过比较混合色和基色的所有通道值的总和，并从中选择最大的通道值来创建结果颜色，从而使整个图像产生变亮的效果，效果如图8-16所示。

图8-14 【颜色减淡】模式

图8-15 【线性减淡】模式

图8-16 【浅色】模式

四、不是单纯地将图像变暗或变亮的图层模式

下面7种图层模式的计算方法相对较复杂，它们不是单纯地将图像变暗或变亮，而是根据图像的具体情况进行不同的处理。

(1) 【叠加】模式：根据紧临当前图层的下一层图层的颜色，使当前图层与其下层图层的颜色产生不同的混合，同时保持下层图层的亮度和暗度，使当前图层产生一种透明的效果，效果如图8-17所示。

(2) 【柔光】模式：【柔光】模式产生的效果与将发散的聚光灯照在图像上相似，它可能使当前颜色变暗，也可能使其变亮。如果当前的混合色比50%灰色亮，则图像会变亮；如果比50%灰色暗，则图像会变暗。在使用【柔光】模式的图层中用纯黑色或纯白色作画，会产生明显较暗或较亮的区域，但不会产生纯黑色或纯白色的区域，效果如图8-18所示。

(3) 【强光】模式：【强光】模式产生的效果与将耀眼的聚光灯照在图像上相似，最终效果取决于图层上颜色的亮度。如果当前混合色比50%灰色亮，则图像会变亮，反之，图像会变暗。效果如图8-19所示。

图8-17 【叠加】模式

图8-18 【柔光】模式

图8-19 【强光】模式

(4) 【亮光】模式：【亮光】模式是通过增加或减小图像对比度来加深或减淡颜色。如果当前混合色比50%灰色亮，则通过减小对比度使图像变亮；反之，则通过增加对比度使图像变暗，效果如图8-20所示。

(5) 【线性光】模式：【线性光】模式通过减小或增加亮度来加深或减淡颜色，具体取决于混合色。如果当前混合色比50%灰色亮，则通过增加亮度使图像变亮；反之，则通过减小亮度使图像变暗，效果如图8-21所示。

(6) 【点光】模式：使用此模式可以根据混合色的不同而产生不同的替换颜色的效果。如果混合色比50%灰色亮，则替换比混合色暗的像素，而不改变比混合色亮的像素；如果混合色比50%灰色暗，则替换比混合色亮的像素，而不改变比混合色暗的像素。效果如图8-22所示。

图8-20 【亮光】模式

图8-21 【线性光】模式

图8-22 【点光】模式

(7) 【实色混合】模式：取消了中间色的效果，混合结果只包含纯色。效果如图8-23所示。

五、根据颜色的变化对基色和混合色进行混合产生结果色的模式

(1) 【差值】模式：【差值】模式是从背景图像的色调中减去混合图层图像的色调来表现两个色调的互补色。混合图层图像的色调越高，效果表现得就越强烈。与白色混合会使基色产生反相的效果，与黑色混合不产生变化，效果如图8-24所示。

(2) 【排除】模式：使用【排除】模式可以产生一种与【差值】模式相似但对比度较低的效果。与白色混合会使基色产生反相的效果，与黑色混合不产生变化，效果如图8-25所示。

图8-23 【实色混合】模式

图8-24 【差值】模式

图8-25 【排除】模式

(3) 【减去】模式：使用【减去】模式，查看每个通道中的颜色信息，并从基色中减去混合色，如图8-26所示。

(4) 【划分】模式：使用【划分】模式，查看每个通道中的颜色信息，并从基色中分割混合色，如图8-27所示。

六、利用基色和混合色的不同属性产生结果色的模式

(1) 【色相】模式：【色相】模式是用基色的亮度和饱和度以及混合色的色相创建结果色，但不会影响其亮度和饱和度。对于黑色、白色和灰色区域，该模式不起作用，效果如图8-28所示。

图8-26 【减去】模式

图8-27 【划分】模式

图8-28 【色相】模式

(2) 【饱和度】模式：【饱和度】模式是用基色的亮度和色相以及混合色的饱和度创建结果色，但不会影响其亮度和色相。在"0"饱和度（也就是灰色）的区域上使用此模式不会产生变化，效果如图8-29所示。

(3) 【颜色】模式：【颜色】模式是用基色的亮度、混合色的色相和饱和度创建结果色，这样可保留图像中的灰阶，并且对于给单色图像上色和给彩色图像着色都会非常有用，效果如图8-30所示。

(4) 【明度】模式：【明度】模式是用基色的色相和饱和度以及混合色的亮度创建结果色，但不会影响其色相和饱和度，【明度】模式产生的效果与【颜色】模式相反，如图8-31所示。

图8-29 【饱和度】模式

图8-30 【颜色】模式

图8-31 【明度】模式

8.1.3 图层组和图层剪贴组

下面来介绍图层组和图层剪贴组的相关内容。

一、图层组

图层组是图层的组合，它的作用相当于Windows系统资源管理器中的文件夹，主要用于组织和管理连续图层。图层组的基本操作与图层相似，一般也都是利用【图层】调板和菜单命令进行。这部分内容比较简单，读者可以对照前面所介绍的对图层的基本操作，对图层组进行创建、删除及复制等基本操作。单击【图层】调板下方的【创建新组】按钮，或选择【图层】/【新建】/【组】命令，就可以建立一个新的图层组。

在【图层】调板中，图层组名称左侧显示□图标，如图8-32所示。单击□图标左侧的▼按钮，该图层组中的图层会在【图层】调板中折叠起来，此时▼按钮转换为▶按钮。再单击▶按钮，该图层组中所包含的图层会展开显示，此时▶按钮转换为▼按钮。

在【图层】调板中，图层组中图层的缩览图向内缩进，如图8-32中的【组内图层】所示。拖曳图层组外的图层至图层组层上，释放鼠标左键即可将组外的图层移动至图层组内。拖曳图层组内的图层至图层组层上，释放鼠标左键即可将组内的图层移动至图层组外。

用户可以将图层组展开，单独编辑其中的图层，包括将图层移出或移入图层组；也可以将图层组看作一个整体，像处理图层一样查看、选择、复制、移动或更改图层组中图层的堆叠顺序，甚至可以将图层蒙版应用于图层组。

图8-32 图层组的效果

二、图层剪贴组

所谓图层剪贴组，就是用基底层（基底层是指图层剪贴组中最下方的图层）充当整个组的蒙版。也就是说，一个图层剪贴组的不透明度是由基底层的不透明度来决定的。

下面通过一个实例来演示图层剪贴组的作用。

1. 选择【文件】/【打开】命令，打开本书配套资源"Map"目录下的"剪贴组.psd"图像文件。如图8-33所示，文件有两个图层，左面图层是一幅风景，右面图层是一朵花，并且花朵图层中没有像素的部分为透明。

2. 选择"图层0"为当前图层，选择【图层】/【创建剪贴蒙版】命令。"图层0"与"图层1"形成剪贴蒙版关系，【图层】调板的状态如图8-34所示，产生的效果如图8-35所示。

风景图层　　　　　　花朵图层　　　　　【图层】调板

图8-33 图层剪贴组效果　　　　　　　　　　　　　图8-34 【图层】调板

在一个有多个图层的文件中，可以同时存在多个剪贴组，一个剪贴组中也可以包含两个以上的图层，但在同一个剪贴组中的图层必须是相邻的。

在【图层】调板中，基底层名称有下划线，覆在上面的图层的缩览图是向右缩进的，显示剪贴组图标↲。

图层编组和取消编组的方法主要有以下3种。下面所说的前一图层是指【图层】调板中当前图层下面的一个图层。

(1) 利用【图层】/【创建剪贴蒙版】命令或【释放剪贴蒙版】命令，对图层进行编组和取消编组。

(2) 利用键盘快捷键对图层进行编组和取消编组。按<Ctrl>+<G>组合键可以将当前图层与其前一图层编组；按<Ctrl>+<Shift>+<G>组合键可以取消当前的图层编组。

(3) 在【图层】调板中利用快捷方式对图层进行编组和取消编组。按住<Alt>键，在【图层】调板中将鼠标指针移动至要编组两个图层间的边线上，当鼠标指针变为形状时，单击即可将这两个图层编组；按住<Alt>键，在【图层】调板中将鼠标指针移动至一个剪贴组中相邻两层的边线上，当鼠标指针变为 ⚫ 形状时，单击可以将这两层之后的图层编组取消。

图8-35 最终效果

图8-36 【粘贴】对话框

图8-37 【图层】/【智能对象】子菜单

8.1.4 智能对象

在Photoshop中，用户可以通过转换一个或多个图层来创建智能对象，建立智能对象相当于建立了一个新的文件，对它进行处理时，不会直接应用到对象的原始数据，因此不会对原始数据造成任何破坏。在【图层】调板中双击智能对象的符号 ，就能在Photoshop中创建一个新文件图像，对新图像进行编辑后保存，原文件中的智能对象也会自动更新。

在Photoshop中，不但可以将图层转化为智能对象，而且也可以将Illustrator中的矢量图形通过复制粘贴到Photoshop中，弹出如图8-36所示的【粘贴】对话框，点选【智能对象】单选项，即可建立"矢量智能对象"。在Photoshop中，双击【图层】调板中"矢量智能对象"图层的缩略图，即可在Illustrator中打开该对象，对矢量对象进行编辑后保存，Photoshop中的"矢量智能对象"也会得到更新。

选择【图层】/【智能对象】命令，弹出如图8-37所示的子菜单，选择【转换为智能对象】命令后，可以将普通的图层转换为智能对象。

8.2 范例解析——制作质感按钮

近年来，图形界面设计（GUI设计）伴随着计算机技术的发展而日趋成熟，而按钮则是一切软件图形界面中不可缺少的元素之一，新颖、直观与否地按钮设计直接决定了一套GUI设计的成功与否，近年来异常火热的苹果电脑风格GUI的水晶按钮便是最为典型的例证，如图8-38所示。不同质感与形状的按钮可以产生不同的视觉效果，本节将介绍如何制作不同质感的圆角矩形按钮。

首先来学习制作一个水晶质感的按钮，最终效果如图8-39所示。

图8-38 苹果电脑的水晶风格按钮

图8-39 水晶按钮最终效果

下面先来绘制按钮轮廓。

1. 新建一个大小为400×200像素、分辨率为100像素的文件，并将其命名为"水晶按钮"。

2. 在空白文件上新建一个名为"按钮轮廓"的图层，再在【路径】调板中新建一个名为"按钮轮廓"的路径。

3. 选择工具箱中的 工具，将属性栏中的【半径】设置为"60 px"，绘制出如图8-40下所示的圆角矩形。

4. 保持"按钮轮廓"图层处于被选中状态，将【图层】调板切换至【路径】调板，单击【路径】调板下方的⊙按钮，将"按钮轮廓"路径转化为选区，如图8-40上所示。
   添加光影渐变子层，并赋予其图层样式。

5. 按下<Ctrl>+<G>组合键，将"按钮轮廓"图层转化为一个图层组的子层，将图层组更名为"水晶按钮"，如图8-41所示。

6. 保持"按钮轮廓"图层处于被选中状态，设置前景色为浅绿色（R:162,G:247,B:30）、背景色为深绿色（R:89,G:139,B:10），利用▭工具为该层填充渐变效果，如图8-42所示。

图8-40 绘制按钮轮廓并转化为选区　　　　图8-41 创建图层组　　　　图8-42 进行渐变操作（1）

7. 双击【图层】调板中的"按钮轮廓"图层，或双击"按钮轮廓"图层缩略图，在弹出的【图层样式】对话框中设置各项参数，如图8-43、图8-44、图8-45和图8-46所示。

图8-43 【投影】选项参数设置　　　　　　图8-44 【内投影】选项参数设置

图8-45 【内发光】选项参数设置　　　　　图8-46 【描边】选项参数设置

8. 单击[　确定　]按钮，关闭【图层样式】对话框，得到的效果如图8-47所示。
   下面练习添加高光，增强质感。

9. 在"按钮轮廓"图层之上新建一个"高光"的图层，然后选择▭工具，在属性栏中设置【半径】为"20 px"，绘制出如图8-48所示圆角矩形，并将其填充为白色，以此作为高光区域。

此时的高光区域过于呆板，没有通透性，因此需要局部改变其透明度。

10. 保持"高光"的图层处于被选中状态，单击【图层】调板下方的【添加图层蒙版】按钮 ⬚，同时将前景色及背景色分别设置为白色与黑色，然后使用 ▣工具在高光区域由上至下拖曳出渐变效果，得到如图8-49所示的渐变透明效果。

图8-47 添加图层样式之后的效果

图8-48 创建高光区域（1）

图8-49 得到透明度渐变的高光效果

由于按钮底部边缘与阴影的衔接过于生硬，因此需要再进行暗部加深处理。

11. 选择【路径】调板，选择前边创建的"按钮轮廓"路径，按住<Ctrl>键的同时单击"按钮轮廓"路径，此时会发现轮廓路径被作为选区载入了。

12. 选择 ⬚工具，利用键盘上的方向键将该选区向下移动3个像素，如图8-50所示。

13. 按住<Ctrl>+<Alt>组合键不放，单击"按钮轮廓"路径，此时选区与路径的公共部分被减去，如图8-51所示。回到【图层】调板，新建一个名为"暗部加深"的图层，并将其填充为深绿色（R:93,G:134,B:27），最后使用 ▶⊹工具将图像向上移动3个像素，如图8-52所示。

图8-50 载入并移动选区

图8-51 选区与路径的差集

图8-52 填充并移动选区

14. 选择【滤镜】/【模糊】/【高斯模糊】命令，在弹出的【高斯模糊】对话框中设置【半径】为"2.4"，得到如图8-53所示的暗部加深效果。

按钮效果的制作基本完成，下面来练习添加文字效果。

15. 选择 T工具，在水晶按钮上输入绿色文字"Crystal"（R:89,G:135,B:16），如图8-54所示。然后将该文字图层复制一份，并将位于下方的文字图层中的文字颜色改为白色（R:242,G:251,B:226），再将该文字图层的【不透明度】改为"63%"，如图8-55所示。

图8-53 执行【高斯模糊】命令后的效果

图8-54 输入的绿色文字

图8-55 修改的文字颜色

16. 为了营造文字的立体效果，将位于下方的文字图层分别向右和向下移动1个像素单位，然后分别为上下两个文字图层应用【图层样式】命令，相应的参数设置分别如图8-56和图8-57所示。

图8-56 为上方的文字图层应用【内阴影】样式

图8-57 为下方的文字图层应用【投影】样式

17. 至此，便完成了一个晶莹剔透的水晶按钮的制作过程，最终效果如图8-58所示。读者也可以参考本书配套资源"最终效果"目录下的"水晶按钮.psd"文件。

    接下来学习制作一个金属质感的按钮，以巩固对不同材质效果的认识，最终效果如图8-59所示。首先来绘制金属按钮的轮廓，方法与绘制水晶按钮的完全相同。

18. 按下<Ctrl>+<G>组合键，将"按钮轮廓"图层转化为一个图层组的子层，将图层组更名为"金属按钮"。

19. 保持"按钮轮廓"图层处于被选中状态，设置前景色为浅蓝色（R:5,G:153,B:190），背景色为深蓝色（R:3,G:108,B:134），然后使用工具填充渐变效果，如图8-60所示。

图8-58 水晶按钮最终效果   图8-59 金属按钮最终效果   图8-60 进行渐变操作（2）

20. 给"按钮轮廓"图层添加图层样式。双击【图层】调板中的"按钮轮廓"图层，在弹出的【图层样式】对话框中设置各选项及参数，如图8-61所示，得到如图8-62所示的投影效果。

图8-61 【投影】选项参数设置

图8-62 应用【投影】样式后的效果

21. 在"按钮轮廓"图层之上新建一个"高光"的图层，选择工具，设置【半径】为"20 px"，绘制出如图8-63所示的圆角矩形，并将其填充为白色，以此作为高光区域。

    由于所要制作的是类似于磨砂金属的效果，因而不可能产生类似电镀效果的生硬的条状高光，所以必须进行模糊处理。

22. 选择【滤镜】/【模糊】/【高斯模糊】命令，在弹出的【高斯模糊】对话框中设置【半径】值为"3.0"，得到如图8-64所示的边缘模糊的高光效果。

    同样，由于按钮底部边缘与阴影的衔接过于生硬，因此也要进行暗部加深处理。

23. 使用与前文制作"暗部加深"选区相同的方法建立如图8-65所示的选区，并将其填充为深蓝色（R:0,G:79,B:100）。

图8-63 创建高光区域（2）   图8-64 得到边缘模糊的高光效果   图8-65 创建暗部补充选区

24. 此时可以看出暗部补充的部分与按钮下部的衔接过于生硬，再次执行【高斯模糊】命令进行模糊处理，在弹出的【高斯模糊】对话框中设置【半径】值为"1.2"，得到如图8-66所示的效果。

由于金属效果是强高光与强反光共同作用的结果，因此需要为按钮添加反光效果。

25. 建立如图8-67所示的选区，并将其填充为白色，以此作为反光的基本形状。

26. 再次执行【高斯模糊】命令，对新建的选区进行模糊处理，在弹出的【高斯模糊】对话框中设置【半径】值为"3.2"，同时将反光所在图层的【不透明度】修改为"94%"，最后得到金属按钮的基本效果，如图8-68所示。

图8-66 得到柔和的暗部补充效果

图8-67 创建选区

图8-68 金属按钮的基本效果

下面来为按钮添加文字效果。

27. 选择 **T** 工具，在金属按钮上输入蓝色（R:39,G:103,B:119）文字"Metal"，如图8-69所示。

28. 将该文字图层复制一份，并将位于下方的文字图层的文字颜色改为白色，根据光影关系将两个文字图层调整为如图8-70所示的位置关系。

图8-69 创建文字图层

图8-70 调整位置后的文字

29. 对蓝色文字的图层应用【图层样式】/【内阴影】命令，以强化文字的蚀刻效果，具体参数设置如图8-71所示。

30. 至此，便完成了金属按钮的制作，最终效果如图8-72所示。读者也可以参考本书配套资源"最终效果"目录下的"金属按钮.psd"文件。

图8-71 【内阴影】选项参数设置

图8-72 金属按钮最终效果

通过本节的练习，读者会发现金属按钮与水晶按钮的制作方法基本相同，其差别就在于金属表面较为光滑，会形成较清晰的高光与反光区域。水晶效果是在反光的基础上突出其光滑、透光的特点。希望读者在今后的材质表现当中多多观察、细细体会，制作出更加逼真的材质按钮。

8.3 课堂实训——制作水晶字效果

下面通过课堂实训再来巩固一下本次课程所学的知识，加强练习如何使用多种图层样式以及前面所学的各种工具和命令，为图层应用丰富多样的图层效果，创建出丰富的图像效果。

本次实训要求读者利用图层样式命令、【文字】工具及【滤镜】命令等制作晶莹剔透的水晶字效果，以达到灵活运用图层样式命令的目的。最终效果如图8-73所示。

图8-73　水晶文字效果

该练习的制作流程示意图如图8-74所示。

1. 新建图像文件

2. 输入文字

3. 【内阴影】选项参数设置

4. 【内发光】选项参数设置

5. 【斜面和浮雕】选项参数设置

6. 【渐变叠加】选项参数设置

7. 【描边】选项参数设置

8. 应用图层样式后效果

9. 添加高光和阴影后效果

10. 最终效果

图8-74　制作流程示意图

【操作步骤提示】

1. 选择【文件】/【新建】命令，新建一个名为"水晶字效果"的图像文件，设置大小为"500px×255px"，分辨率为"72"、颜色模式为"RGB颜色"。

2. 利用 工具在图像中输入文字"apple"。在工具选项栏中设置文字字体与大小，文字大小根据文件的大小调整，文字颜色为蓝色（R:0,G:163,B:226）。

> **提示**
> 字体最好选择类似于"Asimov"这样的字体，如果没有，读者也可自行设置，尽量用较为粗大且边角圆滑的字体来代替，这样能得到较好的效果。读者也可以打开本书配套资源"课堂实训"目录下的"水晶字效果.psd"文件，该文件提供了一个栅格化的文字图像。

3. 双击文字层，弹出【图层样式】对话框，在对话框左侧单击并勾选【内阴影】选项，在右侧调整参数和选项，如图8-74所示。

4. 接着为文字添加一点细微的立体效果，用【内发光】样式来实现。在左侧单击并勾选【内发光】复选项，在右侧调整参数和选项，如图8-74所示。

5. 单击并勾选【斜面和浮雕】复选项，在右侧调整参数和选项，如图8-74所示，利用该样式制作出立体效果。

   这一步是为图像赋予魔力的关键。

6. 在左侧单击并勾选【渐变叠加】复选项，在右侧单击【渐变】渐变条，弹出【渐变编辑器】，在【预设】中单击【前景到透明】选项图标 ■，编辑渐变条为白色到透明，单击 确定 按钮回到【图层样式】对话框，在对话框右侧调整参数和选项，如图8-74所示。这样，液体的反射效果就出来了。

   最后稍微修饰一下图像的边缘，使它看起来更加光滑柔和。

7. 在左侧单击并勾选【描边】复选项，在右侧调整参数和选项，如图8-74所示，应用图层样式后的文字效果如图8-74所示。

   再为文字添加一些额外的高光效果。

8. 新建一个图层，选择 工具，按住<Ctrl>键单击文字图层的缩略图，载入文字图层的选区，用键盘上的方向键分别将选区向上和向左各移动两次。

9. 再按住<Ctrl>+<Alt>组合键单击文字图层的缩略图标，从选区中减去文字图层的选区，得到新选区，并填充为白色，然后按<Ctrl>+<D>组合键取消选区。

10. 选择 工具，结合方向键，将白色高光移动到文字的合适位置。

    如果高光看起来太锐利，可以用【高斯模糊】把它柔和。

11. 选择【滤镜】/【模糊】/【高斯模糊】命令，在弹出的对话框中修改【半径】为"0.4"。

12. 复制文字图层，将新复制的图层更名为"阴影"，调整"阴影"图层到文字图层下方，保持"阴影"图层处于选中状态，单击鼠标右键，在弹出的菜单中选择【清除图层样式】命令。

13. 选择【滤镜】/【模糊】/【高斯模糊】命令，在弹出的【高斯模糊】对话框中修改【半径】为"4.8"，然后单击 确定 按钮。

14. 利用 工具将"阴影"图层向下和向右各移动几个像素。完成后的效果如图8-74所示。

15. 新建一个图层，并调整至最底层，填充图层颜色为浅灰色（R:210,G:210,B:210）。

16. 设置前景色为浅灰色（R:210,G:210,B:210），背景色为白色。选择【滤镜】/【素描】/【半

调图案】命令，弹出【半调图案】对话框，修改【大小】为 "1"，【对比度】为 "26"，

【图案类型】为 "直线"，然后单击 [确定] 按钮，最终效果如图8-74所示。

17. 选择【文件】/【存储】命令，本例完成后，保存在附盘 "课堂实训" 目录中。

8.4 综合案例——软件界面设计

本节将主要使用【图层样式】命令、
【钢笔】工具、【减淡】及【加深】工具、
【文字】工具等制作一个公司员工管理系统
软件的登陆界面，通过练习使读者重点掌握
图层样式命令的使用方法。该例的最终效果
如图8-75所示。

图8-75 软件界面设计最终效果

该案例制作流程示意图如图8-76所示。

图8-76 制作流程图

【操作步骤提示】

1. 执行【文件】/【新建】命令或按<Ctrl>+<N>组合键，弹出【新建】对话框，新建一个名
   为 "软件界面设计.psd" 的文件，各选项具体设置如图8-76左上角所示。

2. 按下<Ctrl>+<A>组合键，将背景图层全选，使用【选择】/【修改】/【收缩】命令将
   选区收缩4px。新建一个图层，并命名为 "面板"，在 "面板" 图层中填充白色，再按
   <Ctrl>+<D>组合键将选区取消。

3. 单击【图层】调板下方的【添加图层样式】按钮 *fx*，为 "面板" 图层添加【内发光】图
   层样式，参数的设置如图8-77所示，其中自发光颜色为深蓝色（R:33,G:114,B:205）。

4. 按住<Ctrl>键，并用鼠标右键单击【图层】调板中的 "面板" 图层缩览图，将 "面板" 图

层载入选区。

5. 选择工具箱中的 工具，按住<Alt>键不放，鼠标指针变成 + 状态，将选区从底部向上剪去约60像素高。新建一个图层，并命名为"蓝底"，将前景色设置为深蓝色（R:33,G:114,B:205），并使用前景色填充此图层，效果如图8-76所示。

图8-77 【内发光】图层样式参数设置

6. 使用【钢笔】工具绘制如图8-78所示的路径，按下<Ctrl>+<Enter>组合键将路径转化为选区。

7. 使用【加深】工具对选区进行涂抹，注意应选择柔性画笔且设置较小的曝光度。加深修饰完成后取消选区，效果如图8-79所示。

图8-78 绘制路径（1）

图8-79 加深修饰

8. 绘制如图8-80所示的选区，使用同样的方法对其进行减淡处理，效果如图8-81所示。

图8-80 绘制路径（2）

图8-81 减淡处理

9. 同理绘制如图8-82所示的第3个选区，做加深减淡的综合处理，效果如图8-83所示。

图8-82 绘制路径（3）

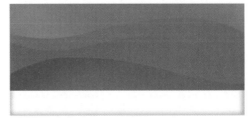

图8-83 加深减淡处理

10. 使用【文字】工具在左上角输入公司名称，设置字号为24点，颜色为白色。为此文字图层分别添加【描边】和【投影】的图层样式，参数使用默认设置，效果如图8-84所示。

11. 选择【横排文字蒙版】工具 ，设置字号为42点，在适当位置输入文字"员工管理系统"，按<Ctrl>+<Enter>组合键确定输入，如图8-85所示。

图8-84 输入公司名称

图8-85 输入大标题蒙版

12. 新建"标题"图层，调整渐变颜色，如图8-86所示。

13. 使用调整好的渐变竖向填充选区。取消选区后，再使用【移动】工具调整位置，为该图层添加【投影】图层样式，参数使用默认设置，效果如图8-87所示。

图8-86 调整渐变

图8-87 制作标题

14. 选中"标题"图层，按<Ctrl>+<J>组合键将其复制，使用【编辑】/【变换】命令将复制的图层进行垂直翻转，并移动到原文字下方。

15. 为复制的图层添加蒙版，使用黑白渐变填充蒙版，调整出倒影效果，如图8-88所示。

16. 打开本书配套资源"Map"目录下的"软件界面设计素材.png"文件，将其拖入"软件界面设计"文件中，并调整大小和位置。

17. 在下方的空白区域输入登陆信息文字，设置字号为14点，颜色为深蓝色。

18. 使用【矩形选框】工具绘制矩形选区，并对其进行描边，宽度设为"1px"，这样就做出了文本框的效果。用同样的方法制作出其他3个文本框，效果如图8-89所示。

19. 选中"面板"图层，为其添加【投影】图层样式，最终效果参见图8-75所示。

图8-88 制作倒影效果

图8-89 输入登录信息文本

8.5 课后作业

1. 打开本书配套资源"Map"目录下的"海.tif"文件，执行【图层】/【创建剪贴蒙版】命令，使两个图层形成剪贴蒙版关系，适当移动基底层的位置，得到如图8-90所示的效果。操作时请参照本书配套资源"课后作业"目录下的"图层剪贴组练习.tif"文件。
2. 打开本书配套资源"Map"目录下的"小草.jpg"文件，在其上面添加一个半透明效果，如图8-91所示。操作时请参照本书配套资源"课后作业"目录下的"半透明效果练习.psd"文件。

图8-90 图层剪贴组效果

图8-91 半透明效果

【操作步骤提示】

(1) 打开本书配套资源"Map"目录下的"小草.jpg"文件，选择【圆角矩形】工具，将圆角【半径】设置为"5 px"，绘制一个圆角矩形路径。

(2) 将路径转换为选区，按下<Ctrl>+<J>组合键将选区同时复制生成一个新的图层。

(3) 选择新建的图层，为其添加【外发光】图层样式，参数的设置如图8-92所示，效果如图8-93所示。

图8-92 【外发光】选项参数设置

图8-93 外发光效果

(4) 将此图层载入选区，按住<Alt>键将选区下部减去一部分。

(5) 新建一个图层并填充白色，在【图层】调板中将该图层的【不透明度】值更改为"30%"。

第9讲
图像编辑和图像颜色调整

本次课程主要介绍Photoshop CS5菜单中的图像编辑和图像的颜色调整命令,它们是Photoshop CS5菜单命令中比较重要的两个部分。在前几讲的实例制作中使用过其中的部分命令,相信读者学起来会比较轻松。

【本讲课时】

本讲课时为4小时。

【教学目标】

● 掌握图像编辑命令的用法。

● 掌握图像与画布调整命令的用法。

● 掌握图像颜色调整命令的用法。

9.1 功能讲解

编辑命令主要是对图像进行各种处理，包括图像的撤销与恢复、图像的复制、图像的填充与描边、图像的变换、图像与画布的调整等；调整命令主要是对图像或图像的某一部分进行颜色、亮度、饱和度以及对比度等的调整，使图像产生多种色彩上的变化。另外，在对图像的颜色进行调整时，一定要注意选区的添加与运用。

在图像的处理过程中，将工具和菜单命令配合使用可以使图像产生多种不同的艺术效果，熟练掌握这些命令也是读者进行图像处理及效果制作的关键。

9.1.1 图像编辑

【编辑】菜单中的命令主要用于对图像文件进行纠正、修改及剪贴等处理，主要包括撤销、复制、粘贴、清除、填充、描边、自由变形、变形、设置图案及清理内存数据等命令。下面将重点介绍几种常用的功能。

一、撤销与恢复操作

撤销和恢复命令主要是对图像编辑处理过程中出现的失误或对创建的效果不满意进行复原和重做。

(1) 利用菜单命令撤销和恢复。

- 【编辑】/【还原】命令：此命令的主要功能是将图像文件恢复到最后一次操作前的状态，选择该命令后，该选项变成"重做+上一步操作名称"命令。快捷键为<Ctrl>+<Z>组合键。

- 【前进一步】命令：在图像中有被撤销的操作时，每次选择该命令，向前重做一步操作。快捷键为<Shift>+<Ctrl>+<Z>组合键。

- 【后退一步】命令：每次选择该命令，向后撤销一步操作。快捷键为<Alt>+<Ctrl>+<Z>组合键。

- 【文件】/【恢复】命令：可以直接将图像文件恢复到最后一次保存时的状态。

(2) 使用【历史记录】调板。

在实际应用中，经常会遇到需要撤销多步操作的情况，为此，Photoshop CS5提供了功能更加强大的【历史记录】调板功能。

【历史记录】调板主要用于记录操作步骤以及该操作下的图像状态，使用【历史记录】调板可以回到前面操作的图像状态。它是Photoshop中重要的控制调板之一，它除了可以完成前面所提到的撤销操作的功能，还可以对制作的中间效果进行提取和保存。这在实际应用中是非常重要的，可以大大提高工作的灵活性。

如果屏幕上没有显示【历史记录】调板，可以选择【窗口】/【历史记录】命令，将其显示出来。【历史记录】调板及其功能介绍如图9-1所示。

图9-1 【历史记录】调板

单击【历史记录】调板右上角的 按钮，弹出的菜单如图9-2所示。

- 选择【新建快照】命令，弹出的【新建快照】对话框如图9-3所示。可以在【名称】文本框中设置快照的名称。
- 单击【历史记录选项】命令，弹出的【历史记录选项】对话框如图9-4所示。

图9-2 【历史记录】调板菜单　　　　　图9-3 【新建快照】对话框　　　　　图9-4 【历史记录选项】对话框

历史记录的保存不是无限的，选择Photoshop菜单栏中的【编辑】/【首选项】/【性能】命令，在弹出的【首选项】对话框中可以修改【历史记录状态】值。

二、图像的拷贝与粘贴

图像的拷贝与粘贴命令主要包括【剪切】、【拷贝】、【合并拷贝】、【粘贴】及【贴入】等命令，这些命令在实际工作中使用非常频繁，而且经常配合使用，希望读者要牢固掌握。

其中【剪切】、【拷贝】和【粘贴】命令的功能比较明确，这里不做介绍，下面简单介绍【合并拷贝】和【贴入】命令的功能。

- 【合并拷贝】命令：此命令主要用于图层文件。将所有图层中的内容复制到剪贴板中，进行粘贴时，将其合并到一个图层粘贴。
- 【贴入】命令：使用此命令时，当前图像文件中必须有选区。可将剪贴板中的内容粘贴到当前图像文件中，并将选区设置为图层蒙板。

三、图像的填充与描边

使用【编辑】/【填充】命令，可以将选定的内容按指定的模式填入图像的选区内或直接将其填入图层内。使用【编辑】/【描边】命令可以用前景色沿选区边缘描绘指定宽度的线条。这两个命令非常简单，但是在具体工作中使用比较频繁，因此需要读者熟练掌握。

填充与描边练习

下面利用【填充】与【描边】命令制作出如图9-5所示的图像。

1. 选择【文件】/【新建】命令，新建一个400像素×150像素的文件。
2. 选择 T 工具，在图像文件中输入如图9-6所示的文字。

图9-5 最终效果　　　　　　　　　　图9-6 输入的文字

3. 选择【图层】/【栅格化】/【文字】命令，将文字图层转化为普通图层。
4. 按住<Ctrl>键，单击【图层】调板中文字图层的缩略图，将其载入选区，如图9-7所示。
5. 选择【编辑】/【填充】命令，弹出如图9-8所示的【填充】对话框。

图9-7 载入选区　　　　　　　　　　　　　　　　图9-8 【填充】对话框

6. 在【填充】对话框中的【使用】下拉列表中选择【图案】选项，然后单击【自定图案】
选项右侧的▼按钮，在弹出的【图案】面板中选择如图9-9所示的图案。

7. 选择图案后，单击　确定　按钮，填充图案后的效果如图9-10所示。

图9-9 【图案】调板　　　　　　　　　　　　　　　图9-10 填充效果

8. 将前景色设置为黑色，然后选择【编辑】/【描边】命令，弹出【描边】对话框，参数的
设置如图9-11所示。

9. 单击　确定　按钮，描边后的效果如图9-12所示，按<Ctrl>+<D>组合键取消选区。

10. 再按住<Ctrl>键，单击文字图层的缩略图，重新载入选区，如图9-13所示。

图9-11 【描边】对话框　　　　　　　　　　　　　图9-12 描边效果

11. 将前景色设置为浅灰色（R:130,G:130,B:130），然后选择【编辑】/【描边】命令，弹出
【描边】对话框，将【宽度】设置为"2px"，其他参数不变，描边后的最终效果如图
9-5所示。

图9-13 载入选区

四、图像的变换

图像的变换命令在实际的工作过程中经常运用，熟练掌握此类命令，可以绘制出立体感
较强的图像效果，希望读者能够牢固掌握。

- 【自由变换】命令：在自由变换状态下，以手动方式将当前图层的图像或选区做任意
缩放、旋转等自由变形操作。这一命令使用在路径上时，会变为【自由变换路径】命

令，对路径进行自由变换。

- 【变换】命令：主要包括【缩放】、【旋转】、【斜切】、【扭曲】、【透视】、【变形】、【旋转180度】、【旋转90度（顺时针）】、【旋转90度（顺时针）】、【水平翻转】及【垂直翻转】等命令。这一命令使用在路径时，会变为【变换路径】命令，以对路径进行单项变换。

9.1.2 图像与画布调整

图像与画布调整命令主要包括【图像大小】、【画布大小】及【旋转画布】等命令，这几个命令比较简单，但在实际工作中使用非常频繁，希望读者熟练掌握。

一、调整图像大小

在Photoshop中，可以利用【图像】/【图像大小】命令重新设定图像文件的尺寸大小和分辨率。选择要调整的图像，然后选择【图像】/【图像大小】命令，弹出如图9-14所示的对话框。

图9-14 【图像大小】对话框

图9-15 【画布大小】对话框

二、调整画布大小

利用【图像】/【画布大小】命令可以重新设定图像版面的尺寸大小，并可调整图像在版面上的放置。选择【图像】/【画布大小】命令，弹出如图9-15所示的【画布大小】对话框。

【当前大小】类参数主要显示画布当前的尺寸大小，【新建大小】类参数主要用于设置修改后画布的大小。

三、旋转画布

利用【图像】/【旋转画布】命令可以调整图像版面的角度，并且文件中的所有图层、通道以及路径都会一起旋转或翻转。

9.1.3 图像颜色调整

选择【图像】/【调整】命令，系统将弹出如图9-16所示的【调整】菜单命令。这部分命令比较重要，主要用于调整图像的色调、亮度、对比度以及饱和度等，利用它们能够调制出漂亮的色彩画面效果来，如果要快速调整图像的颜色和色调，则可以使用【图像】菜单下【自动色调】、【自动对比度】、【自动颜色】命令。下面将详细介绍这部分命令。

一、【自动色调】命令

使用【图像】/【自动色调】命令可以增强图像的对比度。在像素值平均分布并且需要以简单的方式增加对比度的特定图像中，该命令可以提供较好的结果。

二、【自动对比度】命令

使用【图像】/【自动对比度】命令可以自动调整图像的对比度，使高光部分更亮，阴影部分更暗。

三、【自动颜色】命令

使用【图像】/【自动颜色】命令可以自动校正偏色图像，从而调整图像的对比度和颜色。

四、【亮度/对比度】命令

使用【亮度/对比度】命令可以调整图像的亮度和对比度值，从而调整图像的色调。

五、【色阶】命令

使用【色阶】命令可以调整图像的阴影、中间调和高光的强度级别，从而校正图像的色调范围和色彩平衡。单击【色阶】命令，弹出的【色阶】对话框如图9-17所示。

图9-16 【图像】/【调整】菜单命令   图9-17 【色阶】对话框

图9-18所示为调整前的原图，图9-19所示为【色阶】对话框设置图，图9-20所示为调整后的效果。

图9-18 原图（1）   图9-19 【色阶】对话框参数设置   图9-20 调整后的效果

六、【曲线】命令

使用【曲线】命令，可以利用曲线调整图像各通道的明暗数量。选择【图像】/【调整】/【曲线】命令，弹出的【曲线】对话框如图9-21所示。图9-22所示为调整前的原图，图9-23所示为【曲线】对话框，图9-24所示为调整后的效果。

图9-21 【曲线】对话框

图9-22 原图

图9-23 【曲线】对话框参数设置

图9-24 调整后的效果

七、【曝光度】命令

使用【曝光度】命令可以调整HDR（32位）图像的色调，也可以调整8位和16位图像的色调。曝光度是通过在线性颜色空间（灰度系数1.0）而不是图像的当前颜色空间选择计算而得出的。选择【图像】/【调整】/【曝光度】命令，弹出的【曝光度】对话框如图9-25所示。

八、【自然饱和度】命令

使用【自然饱和度】命令可以调整图像的饱和度，并且在颜色接近最大饱和度时能最大限度地减少修剪。选择【图像】/【调整】/【自然饱和度】命令，弹出的【自然饱和度】对话框如图9-26所示。

九、【色相/饱和度】命令

【色相/饱和度】命令主要用于调整图像中单个颜色成分的色相、饱和度和亮度，或者同时调整图像中的所有颜色。选择菜单栏中的【图像】/【调整】/【色相/饱和度】命令，弹出的对话框如图9-27所示。

图9-25 【曝光度】对话框　　　图9-26 【曝光度】对话框　　　图9-27 【色相/饱和度】对话框

十、【色彩平衡】命令

【色彩平衡】命令主要用于更改图像的整体颜色，可以在彩色图像中改变颜色的混合比例，进行整图的色彩校正。

选择【图像】/【调整】/【色彩平衡】命令，弹出的【色彩平衡】对话框如图9-28所示。

十一、【黑白】命令

【黑白】命令可以调整6种不同颜色（红、黄、绿、青、蓝、洋红）的亮度值，从而制作出高质量的黑白照片，还可以制作各种不同颜色的单色照片。

选择【图像】/【调整】/【黑白】命令，弹出的对话框如图9-29所示。

图9-28 【色彩平衡】对话框　　　　　　　图9-29 【黑白】对话框

十二、【照片滤镜】命令

【照片滤镜】命令是模拟在相机镜头前面加彩色滤镜，以便调整通过镜头传输的光的色彩平衡和色温，使胶片曝光。该命令还允许用户选择预设的颜色或者自定义的颜色向图像应用色相调整。选择【图像】/【调整】/【照片滤镜】命令，弹出的对话框如图9-30所示。

十三、【通道混和器】命令

【通道混合器】命令是使用当前颜色通道的混合来修改颜色通道，从而达到改变图像颜色的目的。选择【图像】/【调整】/【通道混和器】命令，弹出的【通道混和器】对话框的内容会根据图像模式的不同而产生相应的变化，以RGB图像为例，【通道混和器】对话框如图9-31所示。

图9-30 【照片滤镜】对话框

图9-31 【通道混和器】对话框

十四、【反相】命令

利用【反相】命令可以得到图像的反相效果，即图像中的颜色和亮度全部反转，转换为256级中相反的值。例如，如果原像素颜色的R、G、B值分别为"200"、"50"、"30"，那么反转后它的R、G、B值分别为"55"、"205"、"225"；如果原图像像素的亮度级为"100"，那么反转后该像素的亮度级为"155"。

十五、【色调分离】命令

【色调分离】命令可以由用户指定图像中每个通道的色调级（或亮度值）的数目，并将这些像素映射到最接近的匹配色调上，在照片中创建特殊效果。例如，将RGB图像中的通道设置为只有两个色调，那么图像只能产生6种颜色，即两个红色、两个绿色和两个蓝色。

选择【图像】/【调整】/【色调分离】命令，弹出的【色调分离】对话框如图9-32所示。【色阶】值为指定的色调级（或亮度值）数目。

十六、【阈值】命令

使用【阈值】命令可以删除图像的色彩信息，将一个灰度或彩色图像转换为高对比度的黑白图像。此命令是将一定的色阶指定为阈值。所有比该阈值亮的像素会被转换为白色，所有比该阈值暗的像素会被转换为黑色。选择【图像】/【调整】/【阈值】命令，弹出的【阈值】对话框如图9-33所示。

图9-32 【色调分离】对话框

图9-33 【阈值】对话框

拖曳【阈值】对话框中直方图下方的滑块或修改上方的【阈值色阶】值，可以得到用户需要的阈值。图9-34所示为调整前的原图，图9-35所示为调整后的效果。

图9-34 原图　　　　　　　　　　　　　　　　图9-35 修改后的效果

十七、【渐变映射】命令

利用【渐变映射】命令可以使用指定的渐变填充颜色，在图像中按图像灰度级由暗至亮取代原图的颜色。选择【图像】/【调整】/【渐变映射】命令，弹出的对话框如图9-36所示。

十八、【可选颜色】命令

使用【可选颜色】命令可以对指定的颜色进行精细调整，但不会影响其他主要颜色，以校正不平衡问题。使用【可选颜色】命令校正颜色是高档扫描仪和分色程序使用的一项技巧，可在图像中的每个加色（减色）的原色成分中增加（减少）印刷颜色的量。

选择【图像】/【调整】/【可选颜色】命令，弹出的对话框如图9-37所示。

图9-36 【渐变映射】对话框　　　　　　　　　图9-37 【可选颜色】对话框

十九、【阴影/高光】命令

【阴影/高光】命令不是简单地使图像变暗或变亮，而是基于阴影或高光中的周围像素（局部相邻像素）增亮或变暗。该命令允许分别控制阴影和高光，适合用于校正由强逆光而形成剪影的照片，或者校正由于太接近相机闪光灯而有些发白的焦点。【阴影/高光】命令的默认值设置为修复具有逆光问题的图像。

选择【图像】/【调整】/【阴影/高光】命令，弹出的【阴影/高光】对话框如图9-38所示。【阴影】类和【高光】类下的参数类似。

二十、【变化】命令

使用【变化】命令能可视地调整图像或选区的色彩平衡、对比度、亮度和饱和度。此命令对于不需要精确色彩调整的平均色调图像最有用，但该命令不能使用在索引颜色图像上。

打开本书配套资源"Map"目录下的"海螺.jpg"文件。选择【图像】/【调整】/【变化】命令，弹出【变化】对话框，如图9-39所示。

图9-38 【阴影/高光】对话框

图9-39 【变化】对话框

二十一、【去色】命令

使用【去色】命令可以删除图像的颜色，使图像以灰色显示。但使用【去色】命令只是将图像中原有的色彩丢弃，并不是将图像的颜色模式修改为灰度。

二十二、【匹配颜色】命令

使用【匹配颜色】命令可以将两个图像或同一图像中两个图层的颜色和亮度相匹配，使其颜色和亮度协调一致。其中需要改变颜色和亮度的图像称为"目标图像"，而要采样的图像称为"源图像"。该命令比较适合使多个图片的颜色保持一致，下面通过一个简单的练习来介绍该命令。

【匹配颜色】命令练习

1. 打开本书配套资源 "Map" 目录下的 "水果.jpg" 文件和 "海螺.tif" 文件。
   在本例中，要将 "水果.jpg" 文件中的颜色修改为 "海螺.tif" 文件中波浪的蓝色效果。
2. 选择【文件】/【存储为】命令，将 "水果.jpg" 文件另命名为 "匹配颜色.jpg" 保存。
3. 选择【图像】/【调整】/【匹配颜色】命令，在对话框中设置选项和参数如图9-40所示。
4. 单击【匹配颜色】对话框中的 ▭ 确定 ▭ 按钮，匹配颜色后的效果如图9-41所示。
5. 选择【文件】/【存储】命令，将所做的修改保存。

二十三、【替换颜色】命令

使用【替换颜色】命令可以选择并修改图像中特定的颜色。当图像窗口存在图像文件时，选择【图像】/【调整】/【替换颜色】命令，弹出的对话框如图9-42所示。

二十四、【色调均化】命令

使用【色调均化】命令可以重新分布像素的亮度值。软件将每个通道中最亮和最暗的像素定义为白色和黑色，然后按比例在整个灰度范围中重新分配中间像素值，使图像中的明暗更均匀地分布。

图9-40 【匹配颜色】对话框参数设置　　　　图9-41 匹配颜色后的效果　　　　图9-42 【替换颜色】对话框

9.2 范例解析——数码照片的商务应用

本节将以普通的数码照片为基础，运用Photoshop CS5强大的颜色调整功能，制作出非常个性的简历或宣传页。如图9-43所示是一张路边随拍的照片，红色的砖墙向远方延伸，富有一定的构成感。图9-44所示的最终效果展示了以此照片制作的宣传页。

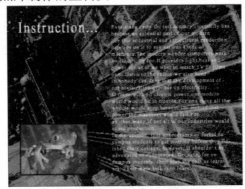

图9-43 原始照片素材　　　　　　　　　　图9-44 实例最终效果

1. 打开本书配套资源"Map"目录下的"红砖墙.jpg"文件，可以看到图像中无限延伸的红砖墙景象，如图9-43所示。
2. 按下<Ctrl>+<J>组合键，将原始素材创建一份副本，然后选择【图像】/【调整】/【去色】命令，得到一张完全无色的黑白照片。然后再次按下<Ctrl>+<J>组合键，将该黑白照片图层复制一份，如图9-45所示。
3. 选择位于"背景"图层上方的黑白照片图层，选择【图像】/【调整】/【阈值】命令，在弹出的【阈值】对话框中设置参数，如图9-46所示。

【阈值】命令通过设定黑、白两种颜色的【阈值色阶】来达到控制原始照片明亮及黑暗程度的目的，但是作为一种艺术效果使用，可以得到黑白强烈反差的视觉效果。

图9-45 得到黑白照片并原地复制一份　　　　　　　　　图9-46 【阈值】对话框

4.　单击 确定 按钮，得到如图9-47所示的黑白两种颜色表现的图像效果。

5.　选择位于最上方的黑白照片图层，选择【图像】/【调整】/【色调分离】命令，在弹出的
　　【色调分离】对话框中设置参数，如图9-48所示。

图9-47 得到粗犷的黑白反差效果　　　　　　　　　图9-48 【色调分离】对话框

6.　单击 确定 按钮，得到如图9-49所示的灰色色调分离的效果。

7.　将两个应用不同色调效果的黑白照片图层进行效果叠加。确保最上层的黑白照片图层处
　　于被选择状态，然后在图层混合模式中选择"正片叠底"，如图9-50所示。

图9-49 【色调分离】后的黑白照片效果　　　　　　　　　图9-50 进行图层混合操作

8.　此时两个图层进行了效果的叠加，得到如图9-51的高级混合效果。

9.　在所有图层之上建立一个新图层，并将其填充为读者所喜欢的颜色，但避免太暗或太亮

的颜色，本例中选用绿色（R:108,G:182,B:29），然后将该图层的混合模式改为"正片叠底"方式，得到如图9-52所示的混合效果。

图9-51 图层混合叠加后的效果

图9-52 基本完成简历或宣传页的背景

至此，基本完成了简历或宣传页的背景制作，下面来输入所需的内容。

读者可以根据需要添加图片、文字。本例中添加了一张牛蛙的照片，当然读者也可以将自己的头像添加进去，作为简历。为了与背景区别开来，故对其进行去色、提高亮度与增大对比度的处理，如图9-53所示。

10. 接着为宣传页添加文字，如图9-54所示。

图9-53 为宣传页添加图片

图9-54 为宣传页添加文字

11. 继续输入所需文字，最终便完成了个性简历或宣传页的制作，如图9-55所示。

图9-55 制作完成的简历或宣传页

12. 根据内容与需求，只需改变位于最顶端的填充图层的颜色，便可以制作出各种色调的简历或宣传页，如图9-56和图9-57所示。

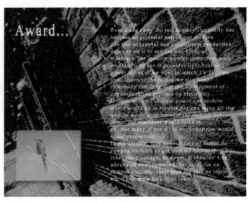

图9-56　继续追加宣传页内容　　　　　　　　　图9-57　改变填充图层的颜色

13. 选择【文件】/【存储】命令或按<Ctrl>+<S>组合键，将上面所做的操作进行保存。

14. 用户也可选择【文件】/【存储为】命令，弹出【存储为】对话框，将其保存为JPEG图片格式，以备打印之用。

在这个实例中，使用了【阈值】与【色调分离】两个命令，并配合图层间的混合模式，便快速地制作出极具个性的简历或宣传页。通过改变填充图层的色相，便可得到风格统一、内容分明的一系列页面版式，再通过添加各种图片与文字，即可制作出一套令人羡慕的个人简历与宣传页了。

9.3　课堂实训——照片的色彩调整

下面通过课堂实训再来巩固一下本次课程所学的知识，加强练习如何运用图像编辑调整命令和图像颜色调整命令修整各种图像效果。

使用数码相机拍照时，由于角度、天气等不同的情况，拍出来的照片在色彩、明暗上也会出现不少问题，例如色彩失真、画面偏灰、亮度和对比度不够等。这些问题都可以用Photoshop CS5来解决。本次实训将学习利用【图像】菜单中的【自动色阶】、【自动对比度】及【自动颜色】等命令，对石像进行色彩调整。若需要进一步调整，还要用到【色阶】、【亮度/对比度】、【色相/饱和度】等命令。最初效果和最终效果如图9-58和图9-59所示。

图9-58　最初效果　　　　　　　　　　　　图9-59　最终效果

该练习的制作流程示意图如图9-60所示。

【操作步骤提示】

1. 选择【文件】/【打开】命令，打开配套资源"Map"目录下的"石像.jpg"文件。

图9-60 制作流程示意图

2. 首先选择【图像】/【调整】下的【自动色阶】、【自动对比度】、【自动颜色】命令。这时照片还是有点暗淡，可以选择【图像】/【调整】/【色阶】命令，进行细微的手动调整。

现在图像变的明亮起来，不过整体画面比较灰，亮部与暗部的对比度不够。接下来就为其调整对比度。

3. 选择【图像】/【调整】/【亮度/对比度】命令，弹出的对话框中参数设置如图9-60所示。下面来调整草地的色彩。

4. 使用 工具沿草地部分绘制路径，单击【路径】调板中的【将路径作为选区载入】按钮，将路径转换成选区。选择【选择】/【修改】/【羽化】命令，【羽化半径】设为"10"，将选区羽化。

5. 选择【图像】/【调整】/【色相/饱和度】命令或按<Ctrl>+<U>组合键，弹出【色相/饱和度】对话框，设置如图9-60所示。

接下来修整照片左下角的阴影。

6. 选择 工具，修改选项栏内的【修补】为"源"，圈选阴影并拖曳至明亮处。反复操作直至满意为止（按<Ctrl>+<Shift>+<Z>组合键返回上一步操作）。

7. 最后选择【滤镜】/【锐化】/【USM锐化】命令，参数的设置如图9-60中所示。

8. 选择【文件】/【存储】命令，本例完成后，保存在附盘"课堂实训"目录中。

9.4 综合案例——包装制作

　　本节将主要使用图像的裁剪、变换及描边等命令制作一个茶叶包装的立体效果，通过练习使读者重点掌握图像编辑及调整命令的使用方法。该例的最终效果如图9-61所示。

图9-61　包装设计的最终效果

该练习制作流程示意图如图9-62所示。

1. 新建图像文件　　　2. 打开图像素材文件　　　3. 选取部分图像并拖曳到新建文件中

6. 添加文字，包装盒正面效果　　　5. 各图层描边效果　　　4. 调整图像大小、位置及次序等

7. 调整图像使其具有透视感　　　8. 制作侧面效果　　　9. 完成最终效果

图9-62　制作流程图

【操作步骤提示】

1.　选择【文件】/【新建】命令，新建名为"包装设计.psd"的文件，具体设置如图9-62所示。

2. 选择【文件】/【打开】命令，打开配套资源"Map"中的"茶园.jpg"文件。

3. 利用 ✍️工具绘制路径。选择 ↖️工具，将鼠标指针放置在锚点上，拖曳鼠标指针，调整路径形态。

4. 单击【路径调板】下侧的【将路径作为选区载入】⭕️按钮，选择 ▶️➕工具，然后按住<Shift>键拖曳图像到"包装设计.psd"中。

5. 选择【文件】/【打开】命令，打开配套资源"Map"中的"品茶.jpg"文件。

6. 选择 ▶️➕工具，拖曳图像到"包装设计.psd"文件中，然后调整图像大小与位置；在【图层调板】中，调整图层的叠放次序，同时选中"茶园"图层和"品茶"图层，单击选项栏上的 ▣️按钮进行右对齐。

7. 新建一图层，利用 ⬚️工具绘制矩形选区，如图9-63所示。

8. 选择【选择】/【变换选区】命令，按<Ctrl>+<+>组合键放大图像，进行精细的调整。

9. 选择【编辑】/【描边】命令，弹出【描边】对话框，设置描边颜色为红色（R:131,G:37,B:47），其他各项设置如图9-64所示。描边效果如图9-65所示。

图9-63 绘制矩形选区

图9-64 【描边】对话框设置（1）

图9-65 描边效果

10. 调整图层叠放次序，如图9-66所示。

11. 选中"茶园"图层为现用图层，选择【编辑】/【描边】命令，弹出【描边】对话框，设置描边颜色为白色，其他各项设置如图9-67所示。

12. 选择工具箱中的 🔤️工具，并设置字体为"华文行楷"，大小为"6点"，键入的文字如图9-68所示。

图9-66 调整图层叠放次序

图9-67 【描边】对话框设置（2）

图9-68 键入文字

13. 选择【文件】/【打开】命令，打开配套资源目录下"Map"中的"清和茶.psd"文件，将"清和茶"拖曳到"包装设计.psd"文件中，然后按<Ctrl>+<T>组合键调整大小和位置。

14. 选中"清和茶"图层为现用图层，选择【编辑】/【描边】命令，弹出【描边】对话框，设置描边颜色为白色，其他设置不变。

15. 将上述图层合并。再新建一个图层，利用 ⬚ 工具绘制矩形选区，选择【选择】/【变换选区】命令，进一步调整选区，然后按<Enter>键结束变换。

16. 选择【选择】/【反向】命令，按<Delete>键删除选区外的内容。然后反选，填充白色，作为包装盒正面的底色。

17. 调整图层叠放次序，然后合并图层。最后给"包装盒正面"描边，这样包装盒的正面就设计完成了。

18. 新建一个图层，填充【径向渐变】，如图9-62所示。

19. 选择【文件】/【变换】/【缩放】命令，调整图像长宽比例和位置。

20. 选择【文件】/【变换】/【斜切】命令，将鼠标指针移动到周边的小方框处，然后拖曳鼠标指针，使图像有透视感，按<Enter>键确认。

21. 在同一图层上，使用 ▣ 工具绘制路径，利用 ▷ 工具调整透视。

22. 在【路径】调板中转换成选区后填充线性渐变，并描边为灰色。用同样的方法绘制上表面，并填充灰色。

23. 使用 ◌ 工具和 ◌ 工具调整局部，使之具有光影效果。然后合并图层，最终效果如图9-61所示。

9.5 课后作业

1. 打开本书配套资源"Map"目录下的"假期.bmp"文件，如图9-69所示，将其修改为如图9-70所示的傍晚效果。操作时请参照本书配套资源"课后作业"目录下的"假期傍晚.tiff"文件。

图9-69 原始照片素材（1）

图9-70 将图像修改为傍晚效果

【操作步骤提示】

(1) 先打开本书配套资源"Map"目录下的"浪漫.jpg"文件，如图9-71所示，将"假期.bmp"文件根据"浪漫.jpg"文件进行匹配颜色。

(2) 再打开本书配套资源"Map"目录下的"鸟.bmp"文件，如图9-72所示，利用通道功能将图像中的鸟图像选择出来。

(3) 将鸟图像复制到"假期.bmp"文件中。

(4) 再将鸟图像所在的层根据"假期.bmp"文件的背景进行匹配颜色。

图9-71 原始照片素材（2）

图9-72 原始照片素材（3）

2. 打开本书配套资源"Map"目录下的"旧照片制作素材.jpg"文件，如图9-73所示，将其
修改为如图9-74所示的旧照片效果。操作时请参照本书配套资源"课后作业"目录下的
"旧照片效果.psd"文件。

图9-73 原始照片素材（4）

图9-74 将图像修改为旧照片效果

【操作步骤提示】

(1) 打开原始照片文件后，将背景图层进行复制，选择【滤镜】/【纹理】/【颗粒】命令，
将【强度】和【对比度】分别设置为"12"和"21"，选择【颗粒类型】为【垂直】选
项，单击 确定 按钮。

(2) 选择【图像】/【调整】/【色相/饱和度】命令，将【色相】和【饱和度】分别设置为
"–9"和"–20"，其他参数保持默认。

(3) 选择【图像】/【调整】/【亮度/对比度】命令，将【亮度】和【对比度】分别设置为
"+30"和"+12"，其他参数保持默认。

(4) 选择【窗口】/【样式】命令，打开【样式】调板，选择【褪色相片】样式，对图像进行
褪色处理。

第 10 讲
滤镜的应用

　　滤镜是Photoshop中最具吸引力的的功能之一，它是一种特殊的软件处理模块，图像经过滤镜处理后可以产生特殊的艺术效果。智能滤镜是一种非破坏性的滤镜，作为图层效果保存在【图层】调板中，用户可以利用智能对象中包含的原始图像数据随时重新调整这些滤镜。本次课程主要介绍Photoshop CS5中各种滤镜的使用，从而创作出各种奇妙的图像效果。

【本讲课时】

　　本讲课时为6小时。

【教学目标】

● 掌握智能滤镜的使用方法。

● 掌握高级滤镜的使用方法。

● 掌握传统滤镜的使用方法。

10.1　功能讲解

Photoshop CS5中的滤镜大体可以分为两组。第一组滤镜较复杂，在弹出的对话框中可以综合使用参数、选项、命令按钮及鼠标产生特殊效果的图像，被称为高级滤镜；这组滤镜包括【滤镜库】命令、【镜头校正】命令、【液化】命令和【消失点】命令，被单独列出。第二组滤镜就是Photoshop的传统滤镜，也被称为标准滤镜；这类滤镜又有13大类，包括【风格化】滤镜、【画笔描边】滤镜、【模糊】滤镜、【扭曲】滤镜、【锐化】滤镜、【视频】滤镜、【素描】滤镜、【纹理】滤镜、【像素化】滤镜、【渲染】滤镜、【艺术效果】滤镜、【杂色】滤镜和【其他】滤镜。另外，【滤镜】菜单的最后一项是【Digimarc】命令，该组命令主要用于在图像中添加和读取水印（即图像信息），以保护图像版权。

Photoshop除了自身拥有数量众多的滤镜外，还可以使用其他厂商生产的滤镜，这些滤镜被称为外挂滤镜，它们为Photoshop创建各种特殊效果提供了更多的解决办法。

10.1.1　【转换为智能滤镜】命令

智能滤镜是一种非破坏性的滤镜，可以像使用图层样式一样随时调整滤镜参数，隐藏或者删除，这些操作都不会对图像造成任何实质性的破坏。

选择需要应用滤镜的图层，选择【滤镜】/【转换为智能滤镜】命令，将所选图层转换为智能对象，然后再使用滤镜，即可创建智能滤镜。在Photoshop中，除了【镜头校正】、【液化】、和【消失点】滤镜外，其他滤镜都可以用作智能滤镜来使用。

10.1.2　【滤镜库】命令

在处理图像时，可能需要单独使用某一滤镜，或者使用多个滤镜，或者将某滤镜在图像中应用多次。使用【滤镜库】不但能轻松地一次性完成这几种设置，而且还可以预览图像应用多重滤镜后的效果。【滤镜库】是一个整合了多个滤镜的对话框，它可以将多个滤镜同时应用于同一图像，或者对同一图像多次应用一个滤镜，甚至还可以使用对话框中的其他滤镜替换原有的滤镜。

打开本书配套资源"Map"目录下的"风景01.jpg"文件，选择【滤镜】/【滤镜库】命令，弹出的【滤镜库】对话框如图10-1所示。

在【滤镜库】对话框中，最左侧是预览区，用来预览图像应用滤镜的效果；中间是可以在滤镜库中使用的滤镜命令及其缩览效果，共包含6组可供选择的滤镜；右侧是参数

图10-1　【滤镜库】对话框

设置区，上方是当前选择滤镜的参数选项，下方显示在图像中应用的滤镜。

> 在【滤镜】菜单中选择【滤镜库】中所包含的滤镜命令，也可以调出【滤镜库】对话框。在后面的学习中将只介绍相应滤镜的参数，而不再重复【滤镜库】的功能。

10.1.3 【镜头校正】命令

Photoshop CS5新增了【镜头校正】功能，根据对各种相机和镜头的测量自动校正，可轻松地消除桶状、枕状和倾斜等变型、相片周边暗角，以及造成边缘出现彩色光晕的色像差。

下面通过一个简单的练习，来学习使用【镜头校正】命令修整图像的操作。

使用【镜头校正】命令修整图像

1. 打开本书配套资源"Map"目录下的"大楼.jpg"文件，这张图片中的建筑有明显的倾斜变形，如图10-2所示。对其使用【镜头校正】命令修整后的效果如图10-3所示。

图10-2　大楼原图效果　　　　　　　　　　　　　图10-3　修整后的效果

2. 选择【滤镜】/【镜头校正】命令，在弹出的【镜头校正】对话框下侧勾选 □显示网格(G) 按钮，单击对话框右侧的 自定 按钮，进入【自定】选项设置参数进行调整，具体参数设置如图10-4所示。

图10-4　【抽出】对话框

3. 调整完成后，单击 确定 按钮，修整好的图片效果如图10-3所示。

4. 选择【文件】/【存储】命令，将所做的修改保存。

10.1.4 【液化】命令

【滤镜】/【液化】命令主要是使图像产生特殊的扭曲效果。在【液化】对话框中，可以在左侧的工具列表中选择扭曲工具，在右侧扭曲选项的参数类下设置参数，在图像中拖曳鼠标指针或按住鼠标左键不放进行扭曲操作。

【液化】命令的参数较复杂，下面通过一个简单的练习来学习【液化】命令的使用。

练习使用【液化】命令

1. 打开本书配套资源"Map"目录下的"液化练习.psd"文件。

2. 选择【滤镜】/【液化】命令，在弹出的【液化】对话框右侧设置参数值，如图10-5所示。

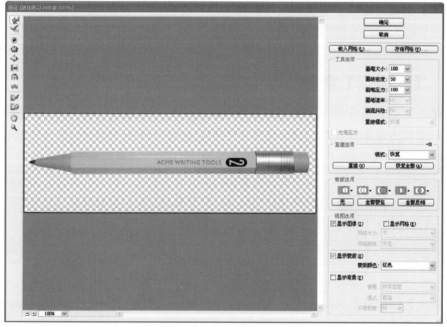

图10-5 【液化】对话框

下面来学习应用变形工具。

3. 在【液化】对话框右侧的工具选项中将 画笔大小: 100 的数值修改为"150"。

4. 在【液化】对话框左侧选择【顺时针旋转扭曲】工具 。

5. 在【液化】对话框中间的图像预览图上，将鼠标中心的"+"对准笔尖前部，按住鼠标左键不放，图像开始以"+"为中心在画笔区域内顺时针旋转。

6. 旋转至需要的效果时释放鼠标左键，完成变形，如图10-6所示。

 选择 工具，在图像中拖曳鼠标指针，旋转的中心随鼠标的移动而改变。按住<Alt>键不放，拖曳或按住鼠标左键时，图像逆时针旋转。按压时间的长短将影响变形效果，时间越长，变形越大。

7. 在【液化】对话框左侧选择【膨胀】工具 。

8. 在【液化】对话框中间的图像预览图上，将鼠标中心的"+"对准铅笔头部分，按住鼠标左键不放，图像开始以"+"为中心在画笔区域内向外膨胀。

9. 图像膨胀至需要的效果时释放鼠标左键，完成变形，效果如图10-7所示。

图10-6　应用【顺时针旋转扭曲】工具　　　　　　图10-7　应用【膨胀】工具

10. 单击【液化】对话框中的 确定 按钮，确认变形，最终效果如图10-8所示。选择【文件】/【存储为】命令，将当前图像另存。

图10-8　最终变形效果

　　【液化】命令常被用于对人物照片的修改中，适当使用【液化】命令中的功能，可以使人物显得更加漂亮，使人物的眼睛更大、鼻翼更纤巧、嘴更小、脸部轮廓更柔和、身材更纤细等。在一些特殊情况下，还可以对图像进行夸张变形，如特别放大或缩小某部分等。

10.1.5 【消失点】命令

　　利用【消失点】命令可以在有透视角度的图像中进行图像编辑与处理。通过使用【消失点】滤镜，来修饰、添加或移除图像中包含透视的内容。使用【消失点】命令修饰图案的前后效果如图10-9所示。

图10-9　使用【消失点】滤镜前后效果

使用【消失点】命令修饰图案

1. 打开本书配套资源"Map"目录下的"消失点练习.psd"文件。

2. 选择【滤镜】/【消失点】命令，弹出如图10-10所示的【消失点】对话框。

3. 单击对话框左侧工具栏中的 按钮，在对话框中的图像区域中，通过单击创建一个四边形的调节框，如图10-11所示。

图10-10　【消失点】对话框

4. 单击对话框左侧工具栏中的 🔲 按钮，参照图像的透视角度调整调节框，使透视角度匹配图像的透视角度，如图10-12所示。

图10-11 创建调节框   图10-12 调整调节框

5. 单击对话框左侧工具栏中的 🔲 按钮，将对话框顶部的 羽化: 1 ⌄ 修改为"15"，在图像区域中拖曳出如图10-13所示的选区。

6. 按住<Shift>+<Alt>组合键，拖曳选区到需要修饰的区域后释放，反复多次，修复后的图像效果如图10-14所示。

图10-13 拖曳选区   图10-14 修复后的图像效果

10.1.6 【风格化】滤镜组

　　【风格化】滤镜组中共有9种滤镜，主要通过置换像素和通过查找并增加图像的对比度，产生绘画、印象派或其他风格化画派作品的效果。应用【风格化】滤镜组后的效果如图10-15至图10-23所示。

图10-15 【查找边缘】滤镜效果   图10-16 【等高线】滤镜效果   图10-17 【风】滤镜效果

图10-18 【浮雕效果】滤镜效果   图10-19 【扩散】滤镜效果   图10-20 【拼贴】滤镜效果

图10-21 【曝光过度】滤镜效果

图10-22 【凸出】滤镜效果

图10-23 【照亮边缘】滤镜效果

10.1.7 【画笔描边】滤镜组

　　【画笔描边】滤镜组中共有8种滤镜，主要利用不同的画笔和油墨描边效果创造出艺术绘画效果。该滤镜中的所有滤镜都在Photoshop CS5的【滤镜库】中。原图及应用【画笔描边】滤镜后的效果如图10-24至图10-32所示。

图10-24 原图

图10-25 【成角的线条】滤镜效果

图10-26 【墨水轮廓】滤镜效果

图10-27 【喷溅】滤镜效果

图10-28 【喷色描边】滤镜效果

图10-29 【强化的边缘】滤镜效果

图10-30 【深色线条】滤镜效果

图10-31 【烟灰墨】滤镜效果

图10-32 【阴影线】滤镜效果

10.1.8 【模糊】滤镜组

　　【模糊】滤镜组中共有11种滤镜，主要是将图像边缘过于清晰或对比度过于强烈的区域进行模糊，以产生各种不同的模糊效果，使图像看起来更朦胧一些。原图及应用【模糊】滤镜后的效果如图10-33至图10-44所示。

图10-33 原图

图10-34 【表面模糊】滤镜效果

图10-35 【动感模糊】滤镜效果

图10-36 【方框模糊】滤镜效果

图10-37 【高斯模糊】滤镜效果

图10-38 【进一步模糊】滤镜效果

图10-39 【径向模糊】滤镜效果

图10-40 【镜头模糊】滤镜效果

图10-41 【模糊】滤镜效果

图10-42 【平均】滤镜效果

图10-43 【特殊模糊】滤镜效果

图10-44 【形状模糊】滤镜效果

10.1.9 【扭曲】滤镜组

选择【滤镜】/【扭曲】命令，弹出的子菜单如图10-45所示；这些就是【扭曲】滤镜组，此组滤镜中共有12种滤镜，主要是将当前图层或选区内的图层进行各种各样的扭曲变形。原图及应用滤镜后的效果如图10-46至图10-60所示。

波浪...
波纹...
玻璃...
海洋波纹...
极坐标...
挤压...
扩散亮光...
切变...
球面化...
水波...
旋转扭曲...
置换...

图10-45 【扭曲】滤镜组次级菜单

图10-46 原图

图10-47 【波浪】滤镜效果

图10-48 原图

图10-49 【挤压】滤镜效果

图10-50 【扩散亮光】滤镜效果

图10-51 【旋转扭曲】滤镜效果

图10-52 【波纹】滤镜效果

图10-53 【玻璃】滤镜效果

图10-54 【海洋波纹】滤镜效果

图10-55 【极坐标】滤镜效果

图10-56 【球面化】滤镜效果

图10-57 【水波】滤镜效果

图10-58 【置换】滤镜效果

图10-59 原图

图10-60 【切变】滤镜效果

10.1.10 【锐化】滤镜组

【锐化】滤镜组中共有5种滤镜，主要通过增加相邻像素点之间的对比度来聚焦模糊的图像，使图像清晰化。原图及应用【锐化】滤镜后的效果如图10-61至图10-66所示。

图10-61 原图

图10-62 【USM锐化】滤镜效果

图10-63 【进一步锐化】滤镜效果

图10-64 【锐化】滤镜效果

图10-65 【锐化边缘】滤镜效果

图10-66 【智能锐化】滤镜效果

10.1.11 【视频】滤镜组

【视频】滤镜组主要包括【NTSC颜色】和【逐行】两个滤镜。此组滤镜属于Photoshop的外部接口程序，用来从摄像机输入图像或将图像输入到录像带上。这两个滤镜只有当图像要在电视或其他视频设备上播放时才会用到，所以在这里只做简单介绍。

【NTSC颜色】滤镜转换图像中的色域，使之适合NTSC（National Television Standards Committee国家电视标准协议）视频标准色域以使图像可被电视机接收。

【逐行】滤镜是通过消除图像中的异常交错线来平滑影视图像，它删除从视屏捕捉的图像上的横向扫描线，利用复制或内插法置换失去的像素。

10.1.12 【素描】滤镜组

【素描】滤镜组中的大部分命令将以前景色和背景色置换原图中的色彩，产生一种精确的图像效果，通常用于获得3D效果或创建精美的艺术品和手绘外观。【素描】滤镜组中共有14种滤镜，都被保存在Photoshop CS5的【滤镜库】中，只要打开【滤镜库】对话框，就可以方便地查看和设置每个【素描】滤镜。原图及应用【素描】滤镜后的效果如图10-67至图10-81所示。

在介绍【素描】滤镜组时，如无特别说明，则将前景色设为黑色，背景色设为白色。

图10-67 原图

图10-68 【半调图案】滤镜效果

图10-69 【便条纸】滤镜效果

图10-70 【粉笔和炭笔】滤镜效果

图10-71 【铬黄】滤镜效果

图10-72 【绘图笔】滤镜效果

图10-73 【基底凸现】滤镜效果

图10-74 【水彩画纸】滤镜效果

图10-75 【撕边】滤镜效果

图10-76 【塑料效果】滤镜效果

图10-77 【炭笔】滤镜效果

图10-78 【炭精笔】滤镜效果

图10-79 【图章】滤镜效果

图10-80 【网状】滤镜效果

图10-81 【影印】滤镜效果

10.1.13 【纹理】滤镜组

【纹理】滤镜组中共有6种滤镜，主要功能是使图像产生各种纹理过渡的变形效果，常用来创建图像的凹凸纹理和材质效果。应用【纹理】滤镜后的效果如图10-82至图10-87所示。

图10-82 【龟裂缝】滤镜效果

图10-83 【颗粒】滤镜效果

图10-84 【马赛克拼贴】滤镜效果

图10-85 【拼缀图】滤镜效果

图10-86 【染色玻璃】滤镜效果

图10-87 【纹理化】滤镜效果

10.1.14 【像素化】滤镜组

选择【滤镜】/【像素化】命令，弹出的子菜单如图10-88所示；这些就是【像素化】滤镜组，此组滤镜中共有7种滤镜，主要用来将图像分块或将图像平面化。它并不是真正地改变了图像像素点的形状，只是在图像中表现出某种基础形状的特征，以形成一些类似像素化的形状改变。原图及应用滤镜后的效果如图10-89至图10-96所示。

图10-88 【像素化】滤镜组子菜单

图10-89 原图

图10-90 【彩块化】滤镜效果

图10-91 【彩色半调】滤镜效果

图10-92 【点状化】滤镜效果

图10-93 【晶格化】滤镜效果

图10-94 【马赛克】滤镜效果

图10-95 【碎片】滤镜效果

图10-96 【铜版雕刻】滤镜效果

10.1.15 【渲染】滤镜组

【渲染】滤镜组中共有5种滤镜，主要用于改变图像的光感效果，例如模拟在图像场景中放置不同的灯光，可以产生不同的光源效果、夜景等，也可以与通道相配合产生一种特殊的三维浮雕效果。原图及应用【渲染】滤镜后的效果如图10-97至图10-102所示。

图10-97 原图

图10-98 【分层云彩】滤镜效果

图10-99 【光照效果】滤镜效果

图10-100 【镜头光晕】滤镜效果

图10-101 【纤维】滤镜效果

图10-102 【云彩】滤镜效果

10.1.16 【艺术效果】滤镜组

【艺术效果】滤镜组中共有15种滤镜，用来对图像进行绘画或艺术效果处理，此组滤镜只应用于RGB模式和多通道模式图像，可以使图像不再像一幅照片，而是产生精美艺术品般的效果。

【艺术效果】滤镜组也都存在【滤镜库】中，打开【滤镜库】命令即可调用【艺术效果】滤镜组。应用【艺术效果】滤镜后的效果如图10-103至图10-117所示。

图10-103 【壁画】滤镜效果

图10-104 【彩色铅笔】滤镜效果

图10-105 【粗糙蜡笔】滤镜效果

图10-106 【底纹效果】滤镜效果

图10-107 【调色刀】滤镜效果

图10-108 【干画笔】滤镜效果

图10-109 【海报边缘】滤镜效果

图10-110 【海绵】滤镜效果

图10-111 【绘画涂抹】滤镜效果

图10-112 【胶片颗粒】滤镜效果

图10-113 【木刻】滤镜效果

图10-114 【霓虹灯光】滤镜效果

图10-115 【水彩】滤镜效果

图10-116 【塑料包装】滤镜效果

图10-117 【涂抹棒】滤镜效果

10.1.17 【杂色】滤镜组

选择【滤镜】/【杂色】命令，弹出的子菜单如图10-118所示，这些就是【杂色】滤镜组，此组滤镜中共有5种滤镜，主要用于在图像中按一定方式添加或去除杂色，以制作出着色像素图案的纹理。原图及应用滤镜后的效果如图10-119至图10-124所示。

> 减少杂色...
> 蒙尘与划痕...
> 去斑
> 添加杂色...
> 中间值...

图10-118 【像素化】滤镜组次级菜单

图10-119 原图

图10-120 【减少杂色】滤镜效果

图10-121 【蒙尘与划痕】滤镜效果

图10-122 【去斑】滤镜效果

图10-123 【添加杂色】滤镜效果

图10-124 【中间值】滤镜效果

10.1.18 【其他】滤镜组

【其他】滤镜组中共有5种滤镜，这些滤镜中，有允许用户自定义滤镜的命令，也有使用滤镜修改蒙版、在图像中使选区发生位移和快速调整颜色的命令。应用【其他】滤镜组后的效果如图10-125至图10-129所示。

图10-125 【高反差保留】滤镜效果

图10-126 【位移】滤镜效果

图10-127 【自定】滤镜效果

图10-128 【最大值】滤镜效果

图10-129 【最小值】滤镜效果

10.1.19 【Digimarc】（作品保护）滤镜

【Digimarc】（作品保护）滤镜主要包括【读取水印】和【嵌入水印】两个滤镜，此组滤镜用于加入作品标记至图像中。

【读取水印】滤镜将检查图像，看看它是否有水印。如果没有水印，就会弹出一个【找不到水印】提示框，提示没有水印。如果有水印，就会显示出创建者的信息。

【嵌入水印】滤镜是在图像中加入识别图像创建者的水印。要先获得一个ID号才能使用这一功能，这个ID号是付钱给Digimarc Corporation后收到的号码。一旦有了这个号码就可以单击【嵌入水印】对话框中的 个人注册... 按钮，并根据对话框中的提示，一步步将个人的信息加入至图像中。

10.2 范例解析——滤镜综合应用

Photoshop CS5提供的滤镜种类繁多，功能也非常强大，灵活运用往往可以产生一些出人意料的效果，所以读者在学习滤镜时，不应局限于书中所讲的应用范围，可多找一些不同的图像反复尝试，以期将这些滤镜的效果显示出来，并熟练掌握其应用。

本节将综合使用【滤镜】命令制作出一幅油画效果的图像，练习制作时请注意不同滤镜命令的参数调整和效果显示。该例的原图与最终效果如图10-130所示。

图10-130　原图与最终油画效果

1. 选择【文件】/【打开】命令，打开配套资源"Map"目录下名为"啤酒杯.bmp"文件。

2. 选择【滤镜】/【艺术效果】/【干画笔】命令，弹出如图10-131所示的对话框，修改【画笔大小】、【画笔细节】及【纹理】数值分别为3、9和1，然后单击 确定 按钮。

图10-131　【干画笔】对话框

3. 选择【滤镜】/【艺术效果】/【水彩】命令，弹出如图10-132所示的对话框，修改【画笔细节】、【阴影强度】及【纹理】数值分别为12、1和1，然后单击 确定 按钮。

4. 选择【图像】/【调整】/【曲线】命令，弹出如图10-133所示的【曲线】对话框，参照图示调整曲线，加大图像的对比度。

图10-132　【水彩】对话框

图10-133 【曲线】调整及其效果

5. 选择【图像】/【调整】/【色彩平衡】命令，弹出如图10-134所示的【色彩平衡】对话框，参照图示调整参数，使图像色彩更偏向暖黄色。

6. 再新建一个图层，添加文字和细节，最终效果如图10-135所示。

图10-134 【色彩平衡】调整及其效果　　　　　　　　图10-135 最终效果

在将不同的图像处理成油画效果时，要根据具体情况调整使用的参数，除了使用【滤镜】/【艺术效果】/【干画笔】命令和【滤镜】/【艺术效果】/【水彩】命令，还可以结合使用【滤镜】/【艺术效果】/【绘画涂抹】命令。使用滤镜后再对图像的色彩进行调整。

7. 再次选择【滤镜】/【扭曲】/【挤压】命令，弹出如图10-136左图所示的【挤压】对话框，参照图示调整参数，产生挤压变形效果，如图10-136右图所示。

8. 选择【文件】/【存储为】命令，将当前图像另存到计算机中。

图10-136 【挤压】对话框和挤压效果

10.3 课堂实训——炫彩效果制作

下面通过课堂实训再来巩固一下本次课程所学的知识，加强练习如何运用各种滤镜命令以及前面所学的各种工具和命令，来创建出各种特殊的图像效果。

本次实训将主要介绍使用【渲染】、【像素化】、【模糊】、【扭曲】、【锐化】及图像颜色调整等命令，制作奇特炫丽的图像效果。最终效果如图10-137所示。

图10-137　炫彩效果

【操作步骤提示】

1. 选择【文件】/【新建】命令，新建一个名为"炫彩效果制作.psd"的文件，参数的设置如图10-138所示。

2. 新建一个图层，将前景色和背景色分别设置为黑色和白色。选择【滤镜】/【渲染】/【云彩】命令，得到如图10-139所示的效果。

图10-138　新建文件

图10-139　云彩效果

3. 选择【滤镜】/【像素化】/【铜版雕刻】命令，参数的设置如图10-140所示，得到如图10-141所示的效果。

图10-140　【铜版雕刻】对话框

图10-141　铜版雕刻效果

4. 选择【滤镜】/【模糊】/【径向模糊】命令，参数的设置如图10-142所示，执行两次该操作，最终得到如图10-143所示的效果。

图10-142 【径向模糊】对话框

图10-143 径向模糊效果

5. 选择【滤镜】/【扭曲】/【旋转扭曲】命令，参数的设置如图10-144所示，得到如图10-145所示的效果。

图10-144 【旋转扭曲】对话框（1）

图10-145 扭曲效果（1）

6. 复制当前图层，再次选择【滤镜】/【扭曲】/【旋转扭曲】命令对复制的图层进行操作，参数的设置如图10-146所示。完成后在【图层】调板左上角的【图层混合模式】下拉列表中选择【变亮】模式，最终得到如图10-147所示的效果。

图10-146 【旋转扭曲】对话框（2）

图10-147 扭曲效果（2）

7. 选择【图像】/【调整】/【色相/饱和度】命令，对图像进行着色处理，参数的设置如图10-148所示，得到如图10-149所示的效果。

图10-148　【色相/饱和度】对话框（1）　　　　　　　图10-149　着色效果（1）

8. 选择【图层1】，再次选择【图像】/【调整】/【色相/饱和度】命令，参数的设置如图
   10-150所示，得到如图10-151所示的效果。

图10-150　【色相/饱和度】对话框（2）　　　　　　　图10-151　着色效果（2）

9. 选择【图层】/【合并可见图层】命令，将图层合并。选择【滤镜】/【锐化】/【USM锐
   化】命令，参数的设置如图10-152所示，最终得到如图10-153所示的效果。

图10-152　【USM锐化】对话框　　　　　　　　　图10-153　最终效果

10. 选择【文件】/【存储】命令，本例完成后，保存在附盘"课堂实训"目录中。

10.4 课后作业

使用【渲染】、【模糊】、【扭曲】等滤镜命令及【色彩平衡】命令，制作出如图10-154所示的逼真的水波效果。操作时请参照配套资源"课后作业"目录下的"水波效果制作.psd"文件。

图10-154 水波效果

【操作步骤提示】

(1) 选择【文件】/【新建】命令，新建一个名为"水波效果制作.psd"的文件，参数的设置如图10-155所示。

图10-155 新建文件

(2) 新建一个图层，将前景色和背景色分别设置为黑色和白色。选择【滤镜】/【渲染】/【云彩】命令，得到类似云彩的效果。

(3) 选择【滤镜】/【模糊】/【径向模糊】命令，参数的设置如图10-156所示。再选择【滤镜】/【模糊】/【高斯模糊】命令，参数的设置如图10-157所示。

图10-156 【径向模糊】对话框

图10-157 【高斯模糊】对话框

(4) 选择【滤镜】/【素描】/【铬黄】命令，参数的设置如图10-158所示。

图10-158 【铬黄】对话框

(5) 选择【滤镜】/【扭曲】/【旋转扭曲】命令，参数的设置如图10-159所示。再选择【滤镜】/【扭曲】/【水波】命令，参数的设置如图10-160所示。

图10-159 【旋转扭曲】对话框

图10-160 【水波】对话框

(6) 选择【图像】/【调整】/【色彩平衡】命令，对图像进行色彩调整处理，参数的设置如图10-161所示，最终得到如图10-154所示的水波效果。

图10-161 【色彩平衡】对话框

(7) 选择【文件】/【存储】命令，保存文件。